做局

The Triumph Of Night

[美]伊迪丝·沃顿 著

徐嘉康 译

上海文艺出版社
上海故事会文化传媒有限公司

编委会

总策划 夏一鸣

主　编 黄禄善

副主编 高　健

编辑成员（按姓氏拼音为序）

蔡美凤　高　健　胡　捷

黄禄善　吴　艳　夏一鸣　杨怡君

名家导读

/王卫新

王卫新，男，文学博士，上海对外经贸大学国际商务外语学院教授、硕士生导师，英国苏格兰文学研究会国际委员会委员（ASLS IC member），英国爱丁堡大学高级人文研究院（IASH）访问学者，上海市外国文学学会理事，国家社科基金通讯评审专家，近期主要从事文学与经济跨学科研究。

虽然伊迪丝·沃顿（Edith Wharton, 1862—1937）并不像与她同时代的自然主义作家西奥多·德莱塞以及杰克·伦敦那么有名，也不像和她同样出生于纽约的大作家亨利·詹姆斯那样在批评界炙手可热，但中国读者对她的大名恐怕并不陌生。她的代表作《欢乐之家》（The House of Mirth, 1905）、《纯真年代》（The Age of Innocence, 1920）被数次搬上银幕，其中1993年版的《纯真年代》、2000年版的《欢乐之家》获得了无数观众的青睐，已然成为英文影视的经典之作。沃顿的《伊坦·弗洛美》（Ethan Frome, 1911）早在20世纪40年代就有了中文译本，译者是大名鼎鼎的语言学家、翻译家吕叔湘先生。

沃顿出生于美国纽约的富贵之家，幼年时代就随父母在欧洲游历，1907年移居法国。沃顿自幼就在美国的上流社会行走，对上流社会的生活非常熟悉，擅长描写纽约上流社会的风貌，而当她移居欧洲大陆之后，她又将故事的场景扩展到意大利和法国。

就创作经历和写作风格而言，沃顿最接近于她的同乡，著名的心理现实主义作家亨利·詹姆斯。沃顿是亨利·詹姆斯的崇拜者，他们的生活经历也有颇多相似之处，他们都是纽约人，后来又都移居欧洲。和詹姆斯一样，沃顿的小说也十分注重心理描写，大量运用内心独白和人物自我展现等艺术手法，借此表达人物的道德困境，凸显社会习俗对人们精神生活的影响。和詹姆斯的国际主题小说一样，沃顿的许多小说也十分关注生活在异乡的美国人，着力展现欧洲的世故和美国的纯真之间的张力。和詹姆斯一样，沃顿也是一位十分高产的作家，她一生共出版了十六部长篇小说、七部中篇小说、十二部短篇小说集，此外还有诗集、游记、自传、文学批评等非虚构作品。除了《欢乐之家》和《纯真年代》，她比较出名的长篇小说还包括《暗礁》(The Reef, 1912)、《乡村习俗》(The Custom of the Country, 1913)、《夏》(Summer, 1917)、《朦胧入睡》(Twilight Sleep, 1927)、《孩子们》(The Children, 1928)、《夹在中间的哈德逊河》(Hudson River Bracketed, 1929)、《诸神降临》(The Gods Arrive, 1932) 等。

华顿也有和亨利·詹姆斯不一样的地方，詹姆斯是一位十分严肃而深奥的作家，读他的作品需要有超乎寻常的耐性，而沃顿是一位相对通俗的作家，读她的作品只需要情感，不需要超乎寻常的理性和毅力。詹姆斯在英语文坛大名鼎鼎，但除了《黛西·米勒》之外，他的作品很少在普通读者之中引发轰动。沃顿虽然名声小了些，但她的作品比较接地气，在普通读者中人气很旺。詹姆斯的许多作品致力于书写生活在异乡的美国人，沃顿的作品也有类似的题材，但她书写得更多的是美国题材小说，而且许多小说是她移居欧洲之后纯凭记忆书写的。

也许，和《欢乐之家》《纯真年代》等书写纽约上流社会的小说相比，沃顿于1902年至1937年间陆续推出的灵异小说（俗称鬼故事）实在是难登大雅之堂。但是，诚如上文所言，大雅恰恰不是沃顿作品的过人之处，她作品的最大魅力是接地气，非常适合普通读者的口味。灵异小说虽然有失风雅，但其阴森恐怖的场景，跌宕起伏的情节，却是那么扣人心弦。还有，那些阴魂不散的幽灵，仿佛有无尽的委屈，总想把他们的故事告诉世人，而那些活生生的人，遇见幽灵时不知道他们是鬼，等到知道他们是鬼之后，故事往往已经发展到了无可挽回的地步。

和所有的灵异小说一样，沃顿的灵异小说的最大特点就是惊悚。沃顿并没有刻意书写令人毛骨悚然的场面，但是，由于鬼魂总是在人猝不及防的时候出现，而且有缘目击鬼魂的又多是弱不禁风的女子，所以，鬼魂的出现总是让人不寒而栗。在《铃声又响》一篇中，新来的女仆哈特利明明看见走廊上有个女人，但老仆人们要么是三缄其口，要么是断然否认。当哈特利提出要将一间空屋作为缝纫室时，老女仆布兰德太太吓得魂不附体，连忙告诉她那是已故女仆爱玛·萨克森的房间。那个房间一直锁着，可是哈特利总是觉得那个房间里有女人走出来。后来，夜深人静的时候，她听见女人的脚步声，大着胆子追上去，却什么都没发现，用小说中的话说，就是"一切就像坟墓一样黑乎乎、静悄悄的"。

沃顿擅长用细致的笔触和淡雅的情怀把惊悚淡化，这一点在《一笔生意》中得到了最完美的体现。文章开头，多塞特迷人的风景，英格兰乡间幽静的林格古宅，秋冬季节的蒙蒙细雨，紫杉林间风景如画的鱼塘，一切都令人心旷神怡。正是在这样优美而恬静的氛围中，男主人公内德才得以远离尘嚣，静下心来写他那本标新立异的杰作《文化的经济基础》。在谈及林格闹鬼时，内德还颇有闲情逸致开玩笑："我不想开车到十英里外的地方去看别人家的鬼。我想在自家屋子里看到鬼。"这种避实就虚、举重若轻的写法，让读者的心情十分愉悦，只见水面的平静，不见水下的波澜。然而，当水下的波澜浮出水面之时，读者猛然惊醒，这不是一首英格兰田园诗，而是一部燃烧着复仇火焰的鬼故事。

沃顿的灵异小说并不是低俗读物（potboiler），为了写鬼而写鬼，她的灵异小说有着深刻的社会文化内涵。沃顿的灵异小说是在1902年至

1937年间陆续推出的,这一阶段正是美国财富急剧增长的时期,钢铁大王、石油大王、金融大王的故事四处弥散,美国社会到处弥漫着金钱的气息,相信上帝但也不拒绝财神成为时代的口头禅。华尔街在沃顿的灵异小说中占据着重要的位置:《做局》(The Triumph of Night)中那些唯恐天下不乱的媒体报道拉文顿金融丑闻时特意夸大其词:"据称,奥帕尔·塞门特公司破产。涉及拉文顿家族。腐败大曝光动摇华尔街基础。"《一笔生意》中的埃威尔是受害者,但正如内德的律师所言,这就是商场,适者生存,如果埃威尔得以反手,他也会用同样的方式投机取巧,置他的商业对手内德于死地。《他仍活着》(Mr. Jones)中那个不知死了多少年的老仆人,他拼死拼活守护的东西似乎并不是早已过时的道德传统,而是那个凝聚着财富的深宅大院。

  沃顿灵异小说中最鲜活的人物形象是仆人。无论是活着的仆人,还是死去的仆人,无论是男仆,还是女仆,似乎都比他们的主人更加鲜活靓丽。《铃声又响》中活着的女仆哈特利是故事的叙述者,而死去的女仆萨克森就是那个让所有其他的仆人都感到毛骨悚然的幽灵。主仆之间有万千纠葛,绝非主上、仆下一句社会等级的套话就可以说个清楚。《一笔生意》留给仆人的笔墨并不多,但仆人的形象却在寥寥数笔之下熠熠生辉、跃然纸上。当内德人间蒸发之后,面对主人追问,女仆依旧不慌不忙,恪守她从不一次回答两个以上问题的原则。在《他仍活着》中,琼斯先生牢牢地控制着林克家族的里里外外,所有的人都对他唯命是从，甚至敢于把林克家族的继承人都拒之门外。

在沃顿的灵异小说中，"凡有鬼魂，必有冤屈"的模式却是不成立的。《铃声又响》中的幽灵是否有冤屈，谁也说不清楚，而《他仍活着》中的幽灵分明就是个顽冥不化的恶鬼。《一笔生意》中埃威尔的复仇有一定的正义性，但在那个物欲横流的年代，一旦他如鱼得水，他也会像内德一样置对手于死地。如此看来，读者在同情埃威尔的同时，对他的复仇动因也要打上一个大大的问号。而且，埃威尔的复仇，对于纯属无辜的内德妻子玛丽而言，不管怎么说都是一种伤害。埃威尔的家庭破碎了，而他又用同样残忍的方式让另一个家庭支离破碎。沃顿的灵异小说写的是鬼，但它的最终指向还是人类本身。以血还血、以牙还牙的复仇模式，到底有多少的正义性，似乎也只能留待读灵异小说、看人间万象的读者去评说了。

Contents

铃声又响　1

谁的来信　31

一笔生意　71

他仍活着　115

做　局　155

活死人　190

造　孽　211

铃声又响

一

那是一个秋天，我刚患过伤寒，在医院里整整躺了三个月，出院时弱不禁风，想找个工作，可连找几家，也没有人愿意雇佣我。两个多月里，我每天都等在职业介绍所，任何一个像样的招工广告都能使我空欢喜一场。我已囊中羞涩，对生活几乎丧失了信心。我四处奔波，更加消瘦，真不知道何时才能走出困境、时来运转。然而运势真的转了——至少当时我是这么想的。一天，瑞尔顿夫人，她也是带我到美国来的女士的朋友，看到我后，停下来与我说话。她总是那么友好。她问我是否病了，为什么看起来脸色苍白。我诉说自己的遭遇，她说：

"哦，哈特利，我手头有个工作再合适你不过了，明天来我家里吧，咱们详谈。"

第二天我去拜访她，她告诉我，她的侄女布莱姆普顿夫人，虽然年纪轻轻，却一副病恹恹的样子，也许是过不惯城镇生活吧，一年四季都居住在哈得逊河畔的乡间别墅里。

"哈特利，"瑞尔顿夫人说着，她的乐观态度让我觉得前途一片光明，"你听我说，我让你去的地方气氛很不活跃。房子虽然宽敞，但有些沉闷。我侄女还多少有些神经质，性格沉郁。她的丈夫——嗯，基本上不在家；有两个孩子，只可惜都死了。要是在一年前，我根本不会把你这样一个活泼爱动的女孩介绍到那个阴郁如牢笼的地方，可现在，你自己的身体也不怎么好，安静的环境，清新的乡间空气，有益健康的食物和早睡早起的习惯，对你的身体可能有些好处。"

"你别误会，"可能是我显得有些沮丧的缘故，她补充说，"你也许会觉得生活单调，但你一定能过得开心。我侄女像天使一样善良可爱，她的贴身侍女曾服侍她二十多年，直到去年春天去世为止。她一直喜欢自己的庄园，对仆人很好。你知道，但凡女主人和蔼善良的家庭，仆人们大都脾气温顺，所以你一定能跟其他仆人们友好相处。把你介绍给我侄女再恰当不过了。你话语不多，行为稳重，还受过高于你本人地位的教育。我想你朗诵得不错，是吧？这样更好。我侄女喜欢听别人朗读，还想找一个侍女做伴儿。她原先的侍女是个好伴儿，我知道她多么怀念她。这样的生活有些孤独……你下定决心了吗？"

"夫人，为什么说我下不定决心呢？"我回答，"我并不害怕孤独。"

"那就去吧。有我推荐，我侄女肯定会雇佣你的。我马上给她发电报，你可以赶上下午的火车。目前她身边没有人服侍，我不想让你浪费时间。"

我早已做好出发的准备，但有件事儿让我迟疑不决。为节省时间，我问道："夫人，请问这家的男主人……"

"男主人几乎常年在外，我可以肯定。"瑞尔顿夫人急忙说道，"不过，他在的时候，"她又补充一句，"你只要离他远点儿就行。"

我乘坐下午的火车，大约四点到达目的地车站。一个车夫和一辆轻便四轮马车正在等我，马儿踏着轻快的脚步离开车站。时值金秋十月，天空灰蒙蒙的，而且阴雨绵绵。我们进入布莱姆普顿地区的树林时，白昼的光亮看不见了。马车在树林里弯弯曲曲行驶二里地后，到达一处宅第，四面环绕着高大的黑乎乎的灌木。窗户里没有亮灯，整幢房子看起来也是灰蒙蒙的。

我什么也没有问过马夫，我不习惯向仆人打听消息，我喜欢自己总结对新主人的感觉。从外观上看，我似乎到了一个适合自己的地方，一切都收拾得井井有条，一个面容亲切的厨师在后门迎接我，又叫女佣将我领到楼上我住的房间。

"过一会儿你去见布莱姆普顿夫人，"她说，"现在夫人有客人。"

我没有想到布莱姆普顿夫人会有客人来访，因而，这个消息让我高兴。我跟在女佣身后上楼，透过楼梯顶部的小门，我看到房子里装饰豪华，深色镶饰，还挂着从前的肖像。另外一段台阶通向仆人们住的侧厅，四周很暗，女佣抱歉说没有带灯过来。"不过，你的房间里有火柴，"她补充说，"如果走路当心的话，不会有问题，注意走廊尽头的台阶，你的房间就在旁边。"

我朝前看一眼，见走廊中间站着一个女人。我们走过时，她退到门道里了。女佣似乎没有注意到她，若无其事地走了过去。她体态消瘦，脸色苍白，身穿一件深色罩衣和围裙。我以为她是管家，又见她不出一声，只是在我们经过时久久地盯着我，使我备感奇怪。我的房间在走廊的尽头，位于一个方形的大厅里面。对着我房门的是另外一间屋子，门大开着，女佣看到房门敞开，大叫道："瞧瞧瞧——布兰德太太又忘记把那扇门锁上了！"说着话，她已把门关上。

"布兰德太太是管家吗？"

"这里没有管家，布兰德太太是厨师。"

"那是她的房间？"

"噢，当然不是，"女佣有些生气，"谁的房间也不是。我是说，那间屋子空着，房门不应该开着的。布莱姆普顿夫人希望把房门锁上。"

她带我走进一间整洁的屋子，装饰得颇为精巧，墙上挂着壁画。女佣点燃蜡烛后就离开了，她告诉我六点在仆人们的侧厅用茶点，又说布莱姆普顿夫人可能在此之后约见我。

在侧厅里，我发现几个仆人谈吐活泼。从他们的言谈举止中我可以看出，一切正如瑞尔顿夫人所讲，布莱姆普顿夫人是天底下心眼最好的女主人。我没有注意听他们的谈话，一直留心着那个穿深色罩衣、脸色苍白的女人，可她始终没有露面。我很纳闷，不知她是不是去别处用餐了。如果她不是管家，为什么可以单独用餐呢？我突然想到，她可能是个受过训练的特别护理员，那样的话，她当然可以在自己的房间里用餐。既然布莱姆普顿夫人是个病人，可能就有特别护理员。我承认，这一点使我气闷，因为这样的人不好相处，早知如此，我就不会来了。既然来了，也没有必要为此郁郁寡欢。我这个人不喜欢提问，只好等着看有什么事儿。

用过茶点后，女佣问男仆："兰福德先生离开了吗？"男仆说走了，女佣叫我跟她去见布莱姆普顿夫人。

布莱姆普顿夫人在卧室里躺着休息。她的躺椅靠近壁炉，旁边是个有罩的台灯。她看起来非常瘦弱，但微笑时，我觉得愿意为她做任何事情。她讲起话来令人舒服，低声问了我的名字、年龄等，又问我是否缺少什么，怕不怕乡间生活孤寂。

"跟您在一起我肯定不会寂寞的，夫人。"我说道。这句话让我自己都有些吃惊，因为我不是个容易冲动的人，但不知道怎么的，我竟顺口而出。

她听到后似乎很高兴，轻声说希望我以后也这么想。然后她给我介绍盥洗室，说她的女佣艾格尼丝第二天早上会带我去看东西应该放在什么位置。

"今天晚上我有点儿累了，想在楼上用餐，"她说道，"艾格尼丝会把我的托盘端上来，你也整理一下行李，好好准备一下，晚一点儿就过来为我更衣。"

"好的，夫人，"我说，"我想您会按铃？"

"我不会按铃的——艾格尼丝会带你过来。"她说着，又拿起书来读，模样怪怪的。

真是有点怪：我是她的贴身侍女，夫人需要我时却叫别的女佣来喊！我怀疑这幢房子是否有响铃。但第二天我就满意地发现每间屋子都安有响铃，还有一只特别的响铃从夫人的房间直通我的房间。这使我更加奇怪，因为布莱姆普顿夫人需要什么时就按铃先叫艾格尼丝，然后艾格尼丝再穿过仆人侧厅叫我。

奇怪的事情远不止这些。就在第二天，我发现布莱姆普顿夫人没有特别护理员，于是就向艾格尼丝打听昨天下午在走廊上看到的那个女人。艾格尼丝说她谁也没有看见，我看得出她以为我在说梦话。不用怀疑，我们是在傍晚时经过走廊，当时她抱歉说没有带火，但我确实看到有个女人，只要碰见她，我肯定认得出来。我突然想到，她可能是厨师的朋友，或其他女佣的朋友，也许是刚从乡下来，仆人们不想张扬。有些女主人很看重仆人的朋友在主人家里过夜。总而言之，我决定不再追问这件事。

两天后又发生了一件奇怪的事情。这天下午，我和布兰德太太聊天。她为人友善，一直在这幢房子里当仆人。她问我住得好不好，缺什么没有。我说，这个地方和女主人都是无可挑剔，只是偌大一幢房子没有缝纫室让人想不通。

"你怎么会这样想？"她说，"这儿有间缝纫室，就是你的房间。"

"噢，"我说，"那么夫人以前的侍女住在哪里？"

听到这里，她显得慌乱，匆忙说道，去年仆人们的住所都改变过了，她有些记不起来。

我觉得不大可能，但假装什么也不在意，接着说道："这么说，我对面的房间是空着的，我打算问问布莱姆普顿夫人，看是否可以用作缝纫室。"

令我惊奇的是，布兰德太太脸色霎时变得苍白，紧紧抓着我的手说：

"千万别问,宝贝儿。"她的声音发颤,"实话告诉你吧,那是爱玛·萨克森的房间。自她死后,女主人一直锁着那间屋子。"

"爱玛·萨克森是谁?"

"布莱姆普顿夫人从前的侍女。"

"是那个陪伴她多年的侍女?"我想起来瑞尔顿夫人给我讲的故事。

布兰德太太点点头。

"她是怎样的人?"

"没有人比她更好了,"布兰德太太说道,"夫人对她就像对待自己的姐妹一样。"

"可我指的是……她长得怎样?"

布兰德太太站起身,不高兴地瞪我一眼。"我不擅长描述,"她说,"我想烘烤的面团已经发酵了。"她走进厨房,把门关上。

二

到布莱姆普顿庄园一周后,我才看到男主人。一天下午,有消息说他要到了,全家人上上下下全都忙碌起来。很明显,仆人们不喜欢他。布兰德太太正在精心准备晚餐,说话粗声粗气,跟平时大不一样;男管家威司先生一向沉默寡言,讲话慢吞吞的,做事就像准备参加葬礼似的,动不动就引用几句《圣经》,可那天他引用的词汇令人惶恐,吓得我打算离开饭桌。威司先生向我保证，引用的句子全都来自《以赛亚书》。后来我发现，只要男主人回来，威司先生总喜欢引用《圣经》里的恐怖词句。

　　大约七点，艾格尼丝叫我到女主人屋里，在那儿我看到了布莱姆普顿先生。他站在壁炉前面，身材魁梧，白肤金发，粗短脖子，红红的脸上一双蓝色的、易怒的小眼睛。年幼无知的小傻瓜可能认为他英俊潇洒，并愿意为他付出昂贵代价。

　　我进屋时他突然转过身，上下扫视我一番。我知道这样扫视意味着什么，我曾经有过一两次这样的经历。之后他转过身背对着我，继续跟妻子讲话。这意味着什么我也知道，我不是他心目中的女子，看来那场伤寒对我多少有些好处：可以让这样的绅士保持距离。

　　"这是我新来的侍女，哈特利。"布莱姆普顿夫人柔声讲道。他点点头，继续着自己的话题。

　　一两分钟后他离开屋子，好让女主人更衣用餐。我在伺候夫人更衣时注意到，她脸色苍白，手刚接触，她就打起冷战。

　　第二天一大早，布莱姆普顿先生就动身离开。他的车走远后，大家长舒了一口气。女主人也戴上帽子，穿上毛皮大衣到花园中散步，因为那天早晨天气很好。她回来时精神饱满，脸色红润。好一会儿，她脸庞的红润还未消退，我可以想象，她不久前，应该是多么漂亮迷人！

夫人在庭院中遇见兰福德先生，两个人就一起回来了，我记得他俩经过我窗下的露台时谈笑风生。那是我第一次看到兰福德先生，尽管已经不仅一次听到别人提及他的名字。看来他是这儿的邻居，住在离布莱姆普顿庄园很近的地方。他习惯在乡下过冬，在这个季节几乎是我家女主人唯一的访友。他身材消瘦，个头高大，大约三十岁左右。我一直觉得他脸色忧郁，很少见他露出微笑。这一天，他的笑容简直出人意料，就像春天里第一个暖洋洋的日子。据说兰福德先生像我家女主人一样博览群书，两个人总是相互把书借来借去。冬天的下午，布莱姆普顿夫人就坐在那间宽敞、灰暗的书房里，威司先生告诉我，女主人连续几小时地听他朗读。仆人们都喜欢他，这恐怕是对兰福德先生最好的赞扬。他对我们中的任何一个人都很友善，我们也很高兴男主人在外出时，布莱姆普顿夫人能有这样一位讨人喜欢的绅士做伴儿。兰福德先生似乎跟布莱姆普顿先生相处也很融洽，这令我感到惊奇，很想知道，这两个性格如此迥异的人怎么可能成为朋友。后来我终于明白，真正有品质的人大都不动声色。

提到布莱姆普顿先生，他去去来来，在家里待的时间从不超过两天，总是诅咒这里乏味单调，偏僻荒凉。不久我发现他还酗酒。布莱姆普顿夫人离开餐桌后，他总要在餐桌边坐到半夜，喝布莱姆普顿家收藏的葡萄酒。有一次，我离开女主人的房间稍迟一些，正碰上他喝得醉醺醺地爬上楼梯。一想到夫人不得不忍受他这样的人，我就恶心。

仆人们很少提到男主人，从他们的言谈中我可以看出，这桩婚姻从一开始就不幸福，因为布莱姆普顿先生为人粗俗，无拘无束，喜欢寻欢作乐；而我家女主人却生性孤独，喜欢安静，甚至有些冷若冰霜。这并不是说夫人对他不好：我认为女主人已经非常有耐心了。不过，我家女主人确实显得有些离群索居。

好几个星期过去了，一切平静如初。我家女主人很和蔼，我的工作也挺轻松，而且我和其他仆人相处得很好。简而言之，没有什么好埋怨的。但不知道怎的，我总觉得心里像压着块石头。我不知道为什么会这样，但感觉绝不是因为寂寞。我很快就习惯了，那次伤寒后我一直虚弱无力，乡间的宁静和新鲜空气对我再合适不过，可我内心无法平静下来。女主人在知道我是刚刚大病初愈后，就坚持要我四处走走，于是她就经常给我安排些跑腿的差事，比如说到村子里去买一条缎带、寄一封信什么的，或还书给兰福德先生。一走出门，我的心情就舒畅起来，我期待着漫步于充满晨光露水的树林中。然而，只要看到布莱姆普顿庄园，我的心就开始下沉。从良心上说，这幢宅子并不阴郁，只是我一走进庄园就觉得沮丧而已。

布莱姆普顿夫人冬天不常外出，只有天气很好时，才会在午后到南面的草坪上散步一小时。除兰福德先生外，来客还有医生，他一星期从城里过来一次。有一次医生喊我过去，说一些与女主人病情相关的注意事项。尽管他没有告诉我她患的是什么病，但从夫人早晨上妆前蜡黄的脸色看，我想她可能心脏不好。这个季节天气潮湿，对健康并无益处。一月份下过一段时间雨，这对我来说简直是痛苦的折磨，整天蹲守在屋子里做针线活儿，听屋檐下雨水的滴答声。我变得极度紧张烦闷，一丁点儿声响都会吓我一跳。不知道怎么的，想到走廊对面那扇锁着的房门，就像有东西重重地压在我的心头一样。在漫长的雨天夜晚，我感觉自己有几次听到房内竟有声响。当然这是不可能的，只要天一亮，这种念头就会从我的脑海消失。有一天早晨，布莱姆普顿夫人给了我一个惊喜，她要我到城里去买些东西。直到此时，我才意识到自己当时的情绪多么糟糕。我兴致勃勃地出了大门，一看到街道上熙熙攘攘的人群、琳琅满目的商店，我就情不自禁兴奋起来。可到下午时，街道和人群的喧闹拥挤又让我烦躁，我就十分期待布莱姆普顿的安静环境，想象回家穿过黑暗的树林时，自己该有多么愉快。路上碰见一个姑娘，她曾经与我在一块儿工作过，我们已好几年没有见面了，所以就停下来说说话。我告诉她我自己这些年的境遇，当提到现在时，她抬起眼睛，板着面孔说："你说什么？布莱姆普顿夫人！一年四季都住在哈得逊河边乡间别墅的那一家？亲爱的，你不会在那儿待满三个月的。"

"可我不在乎待在乡下，"我说，她的语调让我生气，"自从伤寒之后，我喜欢安静的环境。"

她摇摇头说："我不是指乡下不乡下的意思。就我所知，过去四个月中，她已经换过四个侍女。最后一个是我的朋友，她告诉我，没有人可以待在那幢房子里。"

"她有没有告诉你原因？"我问道。

"没有……她不肯告诉我原因。但她讲道：'安塞，如果你认识的姑娘想去那儿的话，告诉她不值得。'"

"她是不是年轻貌美？"我想到了布莱姆普顿先生。

"年轻貌美？不。只有那些孩子去读大学的母亲们才会雇佣她这样的人。"

哦，尽管我知道这位朋友平时爱说长道短，但她的话仍深深地印在我的脑海中。黄昏时分，在返回布莱姆普顿庄园的路上，我的心情比以往更加低沉。我敢肯定——那幢宅子一定有问题……

我进去喝茶时，知道布莱姆普顿先生又回来了，因为一眼看去，所有人都跟平时不一样。布兰德太太的手不停地颤抖着，几乎没法倒茶。威司先生引用了《圣经》中与地狱有关的恐怖句子。没有人同我讲话，可当我去女主人房间时，布兰德太太跟在我身后。

"哦，亲爱的，"她抓住我的手说，"看到你回到我们身边，我真是高兴!"

你可以想象我有多么惊讶。

"为什么?"我问,"你认为我不回来了?"

"哦,当然不。"她急忙说道,"我只是不想让夫人独处,哪怕只有一天。"

她紧紧地握一下我的手,继续说道:"哈特利姑娘,你是个基督徒,对女主人好一点吧。"说完这些话,她匆匆离开了……

不一会儿,艾格尼丝来叫我去布莱姆普顿夫人的房间。听到男主人的声音,我就从梳妆室转过去,心想在他进屋之前应先把女主人晚餐时穿的衣服准备好。梳妆室是一间很大的屋子,柱廊上有扇窗子对着花园,布莱姆普顿先生的套房就在那边。我走进梳妆室时,看到夫人卧室的门虚掩着,听见布莱姆普顿先生正气呼呼地说道:"别人还以为只有他一个人才配跟你讲话呢!"

"冬天这里冷清得很。"布莱姆普顿夫人轻声说道。

"可你有我呢!"他讥讽道。

"你很少回来。"她说。

"那怪谁?你把这里搞得像坟墓一样没有人气。"

听到这些,我乒乒乓乓地拨弄着洗漱用具,以此提醒女主人。她起身喊我进去。

他们两人像往常一样单独用餐。吃晚饭时，看着威司先生的言行举止，我就知道情况不妙，因为他引用的是《圣经》中最恐怖的词句。这些话吓得布兰德太太魂飞魄散，宣布她不敢独自一人下楼去把冻肉放到冰箱里。我也有点紧张。伺候女主人休息后，我鼓起勇气下楼，想劝布兰德太太陪我打牌，却听到她关门的声音，就只好折回自己房间。雨又开始下了，滴答滴答的声音无所不在、时时刻刻地直往我的脑海里灌。我没敢睡着，躺在床上听着落雨声，辗转反侧地回味着城里朋友所讲的话。令我困惑不解的是，为什么每次离开的只是夫人的侍女……

过了一会儿，我就睡着了。突然，我被一阵巨大的声响惊醒，是屋里的铃声在响。不寻常的声响吓得我猛地坐起来，因为铃声听起来惊心动魄，而且响个不停。我的手颤抖着，可找不到火柴。最后我终于点上灯，跳下床。我怀疑自己是否在做梦，看着挂在墙上的铃铛，里面的小锤仍在摆动。

我匆忙穿衣服时又听到另外一种声音，是我对面锁着的房间房门开关的声音。我听得很清楚，吓得站在那儿一动也不敢动。接下来，我听见有脚步声匆匆穿过走廊朝主厅方向走去。因为地板铺着地毯，所以声音很轻，但我敢肯定是女人的脚步声。想到这个，我就浑身发颤，屏息凝神，惴惴不安。然后我恢复了镇静。

"爱丽丝·哈特利，"我对自己说，"刚才有人从那间锁着的屋子出来，在你之前跑过走廊。这想法令人悚然，但你必须面对现实。女主人摇铃喊你，要你去她那里，你必须沿着刚才那个人走过的路走过去。"

嗯——我就这样做了。我一生都没有走得这么快过，可觉得似乎永远也走不到布莱姆普顿夫人的房间。走廊上我什么也看不见，什么也听不见：一切就像坟墓一样黑乎乎、静悄悄的。到女主人房门口时，四周如此安静，我开始怀疑自己一定是在做梦。我几乎想转身回去，就在这时，我突然全身绷紧，于是我紧张地敲响房门。

没有应答，我又大敲几下。让我吃惊的是，开门的竟是布莱姆普顿先生。看到是我，他后退几步。透过手中蜡烛的光芒，我看到他面红耳赤、恶狠狠的。

"是你？"他怪声怪气地说，"上帝啊，你们到底有几个人？"

听到这个，我觉得脚下的地面要塌陷下去，但我对自己说，他喝多了，于是语气坚定地说："先生，请让我进去。布莱姆普顿夫人按铃让我过来。"

"你进来吧，我才懒得管呢。"他说。我推着他穿过大厅回到他自己的卧室。让我惊奇的是，他走得笔直笔直，像一个没有喝过酒的人。

我发现女主人很虚弱，一动不动地躺在床上。看到是我，她勉强露出笑容，做手势让我给她倒水。然后，她躺在那儿不说话了，喘着气，闭着眼睛。突然，她伸出手四处摸索，轻声说道：" 爱玛！"

"夫人，我是哈特利。"我说，"您需要什么？"

她睁大眼睛，惊诧地望着我。

"我在做梦，"她说，"你可以离开了，哈特利。非常感谢你，你瞧，这会儿我好多了。"她转过头背对着我。

三

那天晚上，我吓得不敢再睡，直到天大亮后才感觉略好一些。刚起来不久，艾格尼丝就把我叫到布莱姆普顿夫人的房间。我担心她是不是又病了，因为她九点之前很少派人叫我。可我发现，尽管她脸色苍白、面容憔悴，但似乎没什么不舒服。

"哈特利，"她飞快地说，"你能不能马上穿好外套到村子里走一趟？我想让你为我抓药……"说到这儿，她犹豫一下，红着脸说，"……我希望先生起床前你能赶回来。"

"好的，夫人。"我答道。

"还有……等一下……"她把我喊回来，好像突然又想起什么，"配药时，你可以顺便把这张便条带给兰福德先生。"

到村子里要走两里地，在路上我可以好好思考这件事。让我觉得奇怪的是我家女主人想瞒着先生配一服药，回忆一下昨天晚上的场景，再加上我所看到和猜测到的种种迹象,我开始怀疑可怜的女主人是否厌倦了生活,绝望之时,想要结束自己的生命。这个念头牢牢地揪住我的心,我几乎是跑着奔向村子,气喘吁吁地一下子坐到药店柜台前的椅子上。店主人刚刚开始营业,直愣愣地盯着我,我恢复了常态。

"理摩尔先生,"我装作若无其事的样子说,"您能不能看看这个药方,告诉我是否有问题?"

他戴上眼镜,仔细阅读那张药方。

"有什么问题?这是沃尔顿医生开的药方,"他说,"能有什么问题呢?"

"吃下去有危险吗?"

"危险……你是什么意思?"

这个人真蠢,我真想打店主一下,让他清醒清醒。

"我是说,如果有人喝得过量,会不会出现意外……"我说这话时,心都提到了嗓子眼上。

"上帝保佑,不会有任何问题。只是酸橙水而已,即使你一勺勺地喂小孩子也不会有事。"

我如释重负,拿好药后,又急匆匆赶往兰福德先生家里。路上又闪现出另一个念头,如果到药店取药没什么好隐瞒的话,那么女主人想让我为另一件差事保密。不知道怎么的,这个念头比前一个更让我惶恐。可兰福德先生看起来似乎是我家男主人的忠实朋友，而且我对女主人的人品深信不疑。我为自己产生这样的猜疑感到羞愧，最后得出结论是，可能是那天晚上发生的怪事困扰着我。我把便条留在兰福德先生家里，匆忙地赶回布莱姆普顿庄园。我悄悄地从边门溜进去，自以为没有人看见。

然而一小时后，我正要把早餐送往女主人房间，在大厅里，布莱姆普顿先生叫我停下。

"一大早你干什么去了？"他紧盯着我说。

"一大早？您在说我，先生？"我说着，心里却发颤。

"别装了，"他说，额头因生气而红涨起来，"难道一个多小时前，我看到从灌木丛中急匆匆溜进来的不是你？"

本质上讲，我很诚实，但当时谎话竟然脱口而出。"是的，不是我。"我盯着他回答。

他耸耸肩，冷笑着问道："你以为我喝多了？"

"没有，先生。"我回答，这一句倒是真心话。

他又耸一耸肩，转过身去。"仆人对我的绝妙看法！"我听见他喃喃自语着走开了。

直到下午静心做针线时，我才意识到那天晚上发生的怪事对我的影响多么大。每当经过那扇锁着的房门时，我都会发抖。我知道自己曾经听到有人出来,而且在我之前穿过走廊。我想和布兰德太太或威司先生谈谈这件事,似乎这幢房子里只有他们两人对发生的事情略知一二。可我隐约觉得,如果我问他们的话,他们肯定会否认一切。我要是保持沉默,留心观察,可能会知道得更多。想到要在那间锁着的房间对面再待上一夜,我就不舒服。有时我甚至想准备行李赶第一班火车回到城里去,但我不忍心就这么抛开心地仁慈的女主人,于是我假装若无其事,继续做我的针线活儿。我刚刚做了十分钟,缝纫机就发生故障。这台机器是我在房子里找到的,尽管很好用,却总出问题:布兰德太太说爱玛·萨克森死后没有人用过它。我停下来检查缝纫机时,一个从未打开过的抽屉滑落到地上,从中掉出一张照片。我捡起照片,坐在那儿惊异地盯着它。照片上是一个女人——我觉得似曾相识——她的眼睛似乎在问我什么。突然,我想起走廊里那个面色苍白的女人。

我站起来,失魂落魄地跑出房间。我的心仿佛在头顶怦怦直跳,觉得自己好像永远也无法摆脱那双眼睛的逼视。我直奔布兰德太太的房间,她正在午休。我进去时,她猛地一惊,坐了起来。

"布兰德太太,"我说,"她是谁?"我举起照片。

她揉揉眼睛盯着照片。

"她是爱玛·萨克森。"她说,"你在哪儿找到这张照片的?"

我盯着她足足一分钟说:"布兰德太太,我以前在哪儿见过她。"

布兰德太太站起身，走到镜子前面。"天哪！我刚才肯定睡着了，"她叫道，"我什么也没有听见。现在得快点儿，哈特利姑娘，亲爱的，我听见时钟敲了四下。这会儿我必须为布莱姆普顿先生准备晚餐，把他的弗吉尼亚熏腿烤上。"

四

表面上看，两个星期以来，一切还跟以往一样。唯一不同的是布莱姆普顿先生没像往常那样很快离开，而是住了下来。兰福德先生没再露面，一天晚餐前我听到布莱姆普顿先生在夫人的房间里说起这件事。

"兰福德哪儿去了？"布莱姆普顿先生说，"他已经有一个星期没来过这儿。是不是因为我在，所以他就躲开了？"

布莱姆普顿夫人的声音很低，我听不见她的回答。

"啊，"他接着说，"两个人做伴，三个人就多余了。我很抱歉，妨碍兰福德了。我想一两天后我又该告别，给他一次出现的机会。"他因自己的玩笑大笑起来。

就在第二天，碰巧兰福德先生来访。马夫说他们三个在书房喝茶时很开心，兰福德先生离开时布莱姆普顿先生把他送到大门口。

我说过，一切都跟往常一样，家中的其他人也跟往常一样。但就我而言，自从那天晚上我房间的铃铛响过以后，一切都变了。每到晚上，我总是眠而不睡，等待铃声再次响起，等待那扇锁着的房门再悄悄打开。但铃声再没响过，而且我也再没听到走廊里有声音。然而，正是这种无声无息比那种神秘的声音更令我恐怖。我觉得有人缩在那扇锁着的房门后面，我观望和倾听时，她也在观望倾听，我几乎想喊出声来："不管你是谁，快站出来吧！我们面对面地说说清楚，不要老躲在那儿，躲在黑暗中！"

尽管我有这样的感觉，你可能会觉得奇怪，为什么我却没有离开主人。有一次我几乎这么做了，到最后关头又犹豫了。我也不知道出于什么原因，可能是对女主人的怜悯，因为她越来越依赖我，也可能是我不愿再换新的工作，或是某种不可名状的担忧，总而言之，我像着迷似的迟迟未曾离去，尽管每天晚上，我都觉得可怕，白天也好不到哪儿去。

再有一件事，我越来越不喜欢布莱姆普顿夫人的外貌。自从那天晚上起，她开始变了，变得像我一样。我本以为布莱姆普顿先生走后她会快乐起来，尽管她心态平静，精神状态和精力却再也恢复不起来。她越来越依赖我，似乎很喜欢我待在她的身边。有一天，艾格尼丝告诉我，自从爱玛·萨克森死后，我是女主人唯一喜欢的侍女。这让我对可怜的夫人又产生一丝怜惜之情，尽管我几乎帮不了她。

布莱姆普顿先生离开后，兰福德先生常来造访，不过没有以前频繁。

我在庄园和村子里看到过他一两次,感觉他也在变化。但我把这些都归结为自己的胡思乱想。

几个星期过去了,布莱姆普顿先生离开已一月有余,听说他和朋友乘船到西印度群岛去了。威司先生说那里离这儿很远,然而,即使你有鸽子的翅膀,不管走到地球的哪个角落,都无法逃脱万能的上帝的制裁。艾格尼丝说,只要布莱姆普顿先生离庄园远远的,万能的上帝就会接待并保佑他。她的话引起一阵哄堂大笑。

听说西印度群岛很远,我们都非常高兴。我记得,尽管威司先生看起来有些严肃,那天我们在侧厅里还是特别高兴地吃了一顿晚饭。不知道是不是因为我心情好的缘故,我觉得布莱姆普顿夫人看起来气色很好,似乎也很开心。早晨时她在散步,吃过午饭,她就躺在房间里听我朗读。我离开后就回到自己的房间里,感觉特别轻松愉快。几个星期以来,我第一次经过那扇锁着的房门时没有多想。我坐下来工作,向窗外望去,看见飘起了雪花,这景色比那连绵的阴雨赏心悦目多了,我想象光秃秃的花园披上一层洁白的罩衣该有多么漂亮。在我看来,这场大雪可以掩盖所有的沉闷,不论是屋外的,还是屋内的。

这个念头刚刚划过脑海,我就听见身边有脚步声。我抬起头来,以为是艾格尼丝。

"哦,艾格尼丝……"我说,我的话像冰冻在舌头上一样,因为房门边站着的是爱玛·萨克森!

我不知道她在那儿站了多久,只知道自己全身僵直、动弹不得,也用眼睛死盯着她。之后我惊恐不已,但当时我感觉到的却不是害怕,而是比害怕更神秘、更费解的东西……爱玛·萨克森也久久地、紧紧地盯着我,就像不会讲话的祈祷者——但我究竟能帮她做些什么呢?突然,她转过身,我听见她的脚步声穿过走廊。这一次我没有害怕,决定跟着她——我觉得我必须弄清楚她想要什么。我跳起来跑出去,她站在走廊的另一端,我期待着她转向女主人的房间,但她没有这么做,而是推开通向后面楼梯的门。我跟着她走下楼梯,穿过通道,来到后门。在那个时间,厨房和大厅都没有人,因为仆人已经收工了,只有马夫还待在配餐室里。走到门边,她静静地站了一会儿,又望了我一眼,然后她转动门的拉手,走了出去。我犹豫了一会儿,她要把我带到哪儿去?门在她的身后轻轻关上,我打开门,向外望去,希望她已经消失。可我看到几码之外,她正匆匆穿过庭院,朝树林方向走去。在雪地里,她的身影漆黑孤寂。好一会儿,我的心脏几乎停止了跳动,想要转身回去,但她始终牵引着我。

爱玛·萨克森走在树林里,稳步前行,我以相同的步伐跟着她,直到走出大门,来到大路上。然后,她穿过田野朝村子走去,地上白茫茫一片。她翻过一座光秃秃的山坡时,我注意到她身后没有留下任何脚印。我惊恐万状,两腿发软,不管怎么说,这儿比不得房间。她使得整个村庄都像坟墓一样阴森。除我们两个之外,这儿再无他人。广袤的天地里,我显得孤立无助。

我想回去,但她转过身来望着我,仿佛用绳子拖着我一般。此后,我就像一条听话的狗一样跟在她的后面。我们来到村子旁,穿过教堂和铁匠铺子,顺着小巷来到兰福德先生的住宅。兰福德先生的宅子靠近路边,是一座朴实的老式住宅,一条石板小路通向花坛中间的小门。小巷空寂无人,拐进去时,我看到爱玛·萨克森在大门旁的榆树下停住脚步,现在我感到的是另外一种恐惧。我们已经到达这次旅程的尽头,我觉得该做点什么。从布莱姆普顿庄园到这里,我一路上都在问自己,她到底想要我做什么,但可以说,我一直都神情恍惚地跟着她,直到看见她停在兰福德先生的家门口时,我的头脑才开始清醒。我站在雪地里,离她仅几步远,心脏跳动得几乎透不过气来,双脚快要冻僵在雪地上。她就站在榆树下注视着我。

我很清楚,如果没事,她不会带我来到这里。我觉得必须说点什么或做点什么,但又实在想不出该做什么。我从来都相信布莱姆普顿夫人和兰福德先生没有恶意,然而现在,从种种现象上看,我敢肯定,有些恐怖的事情在困扰着他们,而爱玛·萨克森知道这一点,如果可以的话,她会告诉我的。

想到要和她谈话,我的头皮发麻,但我还是鼓起勇气,强迫着自己靠近她。往前走的时候我听见大门打开,然后看到兰福德先生走了出来。他看起来英俊潇洒、兴高采烈,就像那天早晨我家女主人一样精神焕发。看到他,我血管中的血液又开始流动了。

"哈特利,怎么是你?"他说,"出了什么事?刚才我看见有人顺着小巷走来,就出来看看是谁在这雪地上。"

他停下来注视着我说:"你在看什么?"

我正望着那棵榆树,他的眼光顺着我的视线望去,小巷里空无一人。

我觉得孤立无援。她已经走了,我却还猜不出她想要我做什么。她最后一眼似乎要看穿我,却又没有告诉我。突然间,我觉得惶恐又凄凉,是她把我抛弃在这里,让我承受这个猜不出来的秘密。雪开始在我的周围打旋,田野消失了……

一杯白兰地外加兰福德先生家的炉火使我恢复了知觉。我坚持要求立刻送我回布莱姆普顿庄园,因为天要黑了,我担心女主人需要我。我向兰福德先生解释说,自己刚才在散步,经过他家门口时突然一阵眩晕。这是真话,但说出来时我却有种撒谎的感觉。

替布莱姆普顿夫人更衣准备去用餐时,她说我脸色苍白,问我哪里不舒服。我告诉她自己有点头疼,她说晚上就不要我过去了,并建议我上床休息。

我确实头重脚轻,但我不喜欢一个人待在房间里。只要头还能抬起来,我就坐在楼下的大厅里。九点钟时,我累极了,只想把头靠到枕头上去。我爬上楼,再没时间考虑其他事情。家里的其他人不久也都休息了。男主人不在家时他们喜欢早起早睡,十点以前,我听见布兰德太太关房门的声音,不久,威司先生也把门带上了。

那天晚上很寂静,大地和空气全都裹在雪中。躺到床上就感觉舒服多了,我静静地倾听着黑暗中传出的任何声响。我仿佛听到楼下有开门关门的声音:可能是通向花园的玻璃门。然而除去打在窗玻璃上的雪花,外面一片漆黑,什么也看不见。

我回到床上,刚迷糊了一会儿,突然给吵闹的铃声惊醒,头脑还未清醒,我已跳下床来,匆匆忙忙披上衣服。她又来了,我自言自语道,但并不知道自己指的是什么。我的双手像粘满胶似的,我觉得自己可能永远穿不上衣服了。最后,我打开房门,凝视着走廊。顺着蜡烛的光亮一眼望去,我看到前面并没有什么特别的地方。我加快脚步,气喘吁吁。但当我推开通向大厅的大门时,我的心脏几乎停止了跳动,因为爱玛·萨克森就在楼梯的尽头,目光可怕地凝视着黑暗。

好一会儿我动都不敢动,但我的手却从门上滑落,门关上时人影就消失了。同时楼下传来另外一种声音——鬼鬼祟祟、神神秘秘,有点像弹簧锁钥匙转动房门的声音。我跑到布莱姆普顿夫人的门前,敲敲房门。

没有动静,我又敲门。这一次我听见屋里有人走动,门闩滑开,女主人站在我的面前。让我吃惊的是她还没有更衣休息,她诧异地望了我一眼。

"什么事,哈特利?"她低声说,"你不是病了吗?这么晚来这儿做什么?"

"夫人,我没生病,但我房间的铃响了。"

听到这个,她的脸色变得惨白,仿佛要摔倒的样子。

"你听错了,"她厉声说,"我没有摇铃,你一定在做梦。"我从来都没有听到过她用这种声调说话,"回去休息吧。"她说着把房门关上。

就在这时我又听到楼下大厅里有声响传来,一个男人的脚步声。我开始明白事情的真相了。

"夫人,"我轻轻说道,"有人来了……"

"有人?"

"布莱姆普顿先生,我想……我听见楼下有他的脚步声……"

她的脸上一阵恐惧,没讲一句话就瘫倒在我的脚下。我双膝跪下,想把她扶起来,看她呼吸的架势,我知道这次昏厥非同一般。我刚托起她的头,就听见大厅里传来急促的脚步声:门猛地一下子打开了。布莱姆普顿先生站在门口,身上穿着旅行服,雪在往下掉落。看到我跪在女主人旁边，他吃了一惊。

"什么事？"他大叫道。

"夫人晕倒了，先生。"

他颤抖着冷笑一声，一把将我推开说道："真遗憾，她晕倒得不是时候。我很抱歉打扰她，可……"

我站起身来，他的行为让我惊骇万分。

"先生，"我说，"您疯了吗？您要做什么？"

"会见一个朋友。"他说着，看起来好像要去梳妆室。

我内心一阵惊悸，也不知道当时都想了些什么或担心些什么，只一下子跳起来抓住他的衣袖。

"先生，先生，"我说，"出于仁慈之心，看看您的妻子吧！"

他发狂似的把我甩开。

"看来得有个说法了。"他说着，一把抓住梳妆室的门。

就在那一刻，我听到里面有微弱的声响，尽管声音很微弱，但他也听到了。他猛地把门打开，紧接着退后一步，因为爱玛·萨克森站在门口，她的身后一片漆黑；但我清楚地看到是她，布莱姆普顿先生也看到了。他猛地举起双手，仿佛不想让爱玛·萨克森看见自己的脸。我再抬眼望去时，她已经走了。

布莱姆普顿先生站在那儿，一动也没有动，好像全身力气都没有了似的。悄无声息中，女主人突然苏醒过来，她睁开眼睛注视着他，然后向后一仰。我看到死神从她的脸上滑过……

第三天我们安葬了女主人，那天下着大雪，教堂里人少得可怜，可能是天气不好的缘故，城里的人不方便过来，再说，女主人生前似乎也没有多少朋友。兰福德先生最后才到，此时他们正要将女主人的尸体抬向过道。作为主人家的老朋友，他当然穿一身黑孝，我从未见过这男人的脸色这么苍白。他经过我的身边，我注意到他将身体的重量都倾斜在那根拐杖上。我想，布莱姆普顿先生肯定也注意到了，因为他的额头又涨成了紫红色。整个葬礼过程中，布莱姆普顿先生没有像其他人那样祈祷，而是站在教堂的一边冷冷地注视着兰福德先生。

仪式结束后，我们赶到墓地，兰福德先生不见了。可怜的女主人刚一入土，布莱姆普顿先生就跳上教堂门口的一驾马车，没对我们说一句话就一走了之。我听见他大声命令车夫："去车站！"

谁的来信

一

夏洛特·艾斯比在家门口的台阶上停住了脚步。这是三月的傍晚，晚霞依稀可见，夜幕徐徐降临，正是街市生活最热闹的时间。夏洛特站在铺着大理石、古色古香的门廊里，背对着街道，静静地站了好一会儿。门玻璃上挂着帘子，因此房内的灯光显得暗淡，看不清里面的摆设。跟肯尼斯结婚的开始几个月，她最喜欢回到那安静的房子里。他们不住在商业区，远离喧闹和时尚，显得十分安静。每天这时候，她都会准时赶回家里。与被她称作天堂的家相比，纽约城浮躁杂乱，霓虹灯闪烁不定，交通拥挤，住房紧张，生活不便，令人心绪烦躁，备受压抑。强烈的反差使她深有感悟,在这骚动不安的世界里,她已找到了自己小小的港湾——或许她是这样认为的。但现在,时过境迁,一切都发生了变化。在过去的几个月里,她总是在台阶上迟疑徘徊半天才硬着头皮走进去。

她站在门廊里,房子里面的一切又呈现在她的脑海里:挂着古老字画的大厅,错落别致的楼梯,左边是她丈夫破旧、长长的藏书室——里面摆满了书、烟斗和残旧的沙发,她丈夫常坐在上面思考问题。她非常喜欢这间房。楼上是她自己的会客厅,因为没有钱,里面的家具和墙上的装饰自从肯尼斯的第一位妻子去世后,就再没有调换过。夏洛特为使其成为自己的客厅,搬动了部分家具,添了一些书、一盏台灯、一张用来写评论的桌子等。她在拜访肯尼斯的第一位妻子时就喜欢上了这个客厅,那是唯一的一次。她是一个难以亲近、非常自我的女人。她们交往不多,那时夏洛特感到一丝妒忌。而现在——只过了一年多的时间——这一切都是她的了,由她处置。冬日,她喜欢黄昏时分赶回家,坐在客厅的炉火旁看书,或坐在宽大的书桌旁回信,或检查肯尼斯孩子们的习字本,等候丈夫回来。

有时候会有朋友来访,有时——更多时候她是独自一人在家。她喜欢这样,她认为这也是跟丈夫在一起的方式:她可以回忆早上肯尼斯出门时跟她所说的话;也可以设想她丈夫亲近她时会对她说些什么。

但现在,她脑子里想的只有一样东西:那封神秘的信。她不敢肯定今天晚上大厅桌面上会不会出现同样的信。信通常是一样的——方形灰色的信封,上写着"肯尼斯·艾斯比,阿斯奎尔"。笔画较粗又比较模糊。开始时夏洛特感到费解:笔触有力,但笔迹较弱,写称呼好像快没墨水一样,又似是写信人的腕力不够。

她感到费解的另一件事是:尽管笔画有力,但还是能看出是女人的笔迹。初一看,这些笔画看不出写信人的性别,但从整封信笔劲的犹豫可以看出,无疑是女人写的。信封上除了收信人的名字外,什么都没有——没有邮票,没有地址。这封信可能是亲自塞进信箱的,但是谁干的呢?不管怎样,夏洛特每次看到这封信都是在晚上,天黑以后,肯定是仆人在关窗和点灯的时候才把它拿出来的。尽管他们结婚以来已收到七封这样的信,但对夏洛特而言就是一封,因为信的外表都是一样的。

收到第一封信是在他们度完蜜月回来的那天。他们到西印度群岛旅行,在那儿享受了两个月,然后从那儿直飞纽约。那天晚上他们在肯尼斯的母亲家吃晚饭,回来得比较晚。夏洛特和丈夫进来时,她发现大厅的桌面上摆着一个灰色的信封。夏洛特先看到这封信,她第一反应是:我以前见过这笔迹,但回忆不起来在哪儿见过。虽然这灰色信封上的笔迹非常模糊,但夏洛特相信凭自己的记忆力和观察力,还是能够想起来是谁的。她丈夫看到这封信时，如果她不是偶然观察到丈夫的表情，她也不会对信想得太多。那是一瞬间的事情：他看到信后，伸手拿过来，凑到眼前分辨模糊的笔迹，然后突然把手臂从夏洛特臂弯里抽出来，走到挂灯底下，背对着夏洛特。夏洛特一直在等着——等着他说话，等着他拆开信，但他一声不吭，把信塞进口袋里，进了藏书室。他坐下来，点燃香烟。他坐在沙发上，脑袋后仰，沉思着，没有说话。他眼睛盯着炉床的火光，过了一会儿他用手抚着额头说："今晚在我妈那儿是不是太热了，我现在觉得头疼，我想先去休息。"

那是第一次。从那以后，肯尼斯收到信的时候，夏洛特都没在场。信通常在他下班之前到来，她只好上楼去，把信留在大厅里。即使夏洛特没有看到信，但当肯尼斯上来时，她也可以从丈夫脸上的神色看出是否有信。在有来信的晚上，他很少在晚饭前上楼。很明显，不管信里说了什么，他都想一个人去面对。但他看完信出来时，看上去老了好几岁，脸上失去了活力和刚毅，他甚至会忽略夏洛特的存在。有时候，他整个晚上都沉思不语，有时候，他或委婉地批评夏洛特所放置的家具摆设，或提起国内政治的变化，或有点小心地问夏洛特家庭女教师是否不够年轻，而且有点草率，或问彼得喉咙有点小毛病，上学时是否穿暖和了。每当这时候，夏洛特都会想起当初她跟肯尼斯·艾斯比订婚时别人给她的忠告："跟一个伤透心的鳏夫结婚是不是太担风险了？你知道，他的前妻已经完全主宰了他。"夏洛特记得她当时只是开玩笑地回答："他也许很高兴能有改变的自由。"在这方面她是对的。在最初的几个月里，夏洛特知道丈夫跟她在一起非常愉快。蜜月旅行回来后，那朋友又对她说："你是怎么照料肯尼斯的？他看上去要年轻二十岁。"这时她漫不经心地回答："我想我把他从旧习惯中解放出来了。"

自从收到这灰色的神秘之信后，引起夏洛特注意的与其说是肯尼斯的吹毛求疵——那不是他的意愿——不如说是他在收到信后的眼神。那眼神并不是没有爱意，也不是冷淡：就好像一个人远离了俗世，再次回到熟悉的事物面前时，一切似乎变得很陌生。她非常介意这点，甚于肯尼斯过度的挑剔。

虽然夏洛特一开始就肯定灰色信封上的笔迹是女人的，但很长时间以后，她才把这神秘的信件和他俩之间的情感秘密联系起来。她对自己丈夫的爱很有把握，也充满信心地去填补他的生活。因而她一开始没有那方面的想法。这些信件表面看来没有给肯尼斯带来任何情感上的愉悦，它更可能是业务上的信函，而不是私人信件。这些信件可能是来自一些唠叨的客户：她们不想肯尼斯的秘书拆看她们的信件，因此客户就直接把信寄到家里来。对，肯定是这样。若真是这样的话，这不知名的女人可真是不同寻常的难缠。这从她写来的信产生的影响就可以知道。另外，肯尼斯工作十分审慎，堪称楷模，即使在这种影响不断加深的情况下，他也从未向夏洛特说过有个难缠的女人在某件有关她的案子里对他纠缠不清。这是很令人感到奇怪的，肯尼斯曾一度提起过类似的案子，当然没有提到名字和细节。至于这神秘的来信，他一直一言不发。

还有一种可能，那就是"藕断丝连"。夏洛特·艾斯比是一个精于世故的女人，对人心的复杂不会不明白。她知道藕断丝连的事情经常发生。但她嫁给肯尼斯·艾斯比时，他的朋友们没有提到过这种可能性，只是说："嫁给肯尼斯只能算一个挂名妻子。你知道，自从第一次看到他的前妻，肯尼斯就再没敢看一眼别的女人，在他们结婚的那么多年里，他更像一位不幸福的情人，而不是安逸、满足的丈夫。他将永远不会让你移动沙发的位置或改变台灯的位置，不管你努力去做什么，他都会在心里把你跟他的前妻做比较。"

肯尼斯偶尔也会表现出对夏洛特教育孩子能力的怀疑，但夏洛特个性幽默，和孩子们挺融洽，孩子们也十分喜欢她，慢慢地也就消除了肯尼斯的不信任。据他最亲密的朋友说，肯尼斯在妻子死后一度显得悲悲戚戚，只是由于对职业和兴趣的专注才没有自杀。孤寂凄戚的肯尼斯两年后与夏洛特相恋了，他急不可耐地展开攻势，很快他们就结婚了。肯尼斯带着他新婚的妻子去享受醉人的热带风光，共度蜜月。

从那以后，肯尼斯表现得非常温柔，他俩就像蜜月时一样，一直十分恩爱。在向夏洛特求婚之前，肯尼斯曾坦诚地对夏洛特说起他非常爱他的第一任妻子，她去世后，他感到非常无望。他在说这些时，并没有显得很悲痛，也没有显示出他对生活已失去希望。他一直十分安静和自然，他坦白地对夏洛特说，从一开始他就希望未来的生活会给予他新的馈赠。婚后，当他们一起回到他与前妻共同生活了十二年的房子时，他告诉夏洛特：他感到很内疚不能为她准备一片自己的空间，但他知道每个女人对家具摆设、室内布置都会有她们自己的看法，这是男人永远都不会注意到的。他告诉夏洛特，她可以按自己的想法做任何变动，用不着跟他商量。夏洛特最终几乎没做什么改变。肯尼斯非常坦然和潇洒地开始了他的新生活，夏洛特也很快就适应下来了。她发现：在他们外出度假期间，肯尼斯前妻的画像已被移放到了育儿室。她对这点感到有些过意不去，这画像原本是挂在藏书室里的。她知道自己是间接原因。她向丈夫提起过这事，但肯尼斯说："哦，我认为孩子们应该在母亲的关注下成长。"夏洛特听了深受感动，也非常满意。随着时间的流逝，她得承认，自从那冷美人的画像被移走后，她再也没有感觉到那双警惕眼睛的注视，因此她感到十分放松，而且对丈夫也更有信心了。肯尼斯的爱似乎已渗透夏洛特整个身心，穿透她内心的秘密——她很需要了解丈夫的过去。她内心感到非常幸福，但最近她发现自己总是担心着什么，有点紧张。今天傍晚，可能是因为太累了，也可能是因为没找到新厨师，或是其他一些不足挂齿的可笑原因，比如说道德上的或生理上的。她发现她难以抗拒这种感觉。她拿着钥匙，转过身子，看着下面寂静的街道、远处大街上的霓虹灯和忙碌的人们。天空已弥漫着城市夜生活的气息。"那里有的是摩天大楼、广告、电话、无线电、收音机、电影、汽车及所有其他二十世纪的东西，而在门的另一边却是一些我不能解释的东西，我怎么也不能把它们联系起来。就像古老的世界、神秘的生活一样。自从圣诞节后我俩从乡下回来，已有三个月没有来信了。真是奇怪，来信似乎都是在我们度假后才到。我为什么会觉得今天晚上会有来信呢？"

没有理由，那是最糟的——最糟的情况之一。有时，她站在那儿，面对着窗玻璃的另一边，会有种预感，将会发生一些不能解释、不能忍受的事情，因而感到手脚冰凉，身体发抖。但她打开门进去后，却什么也没有发现。有时她感到预警式的冷战时，预感往往会被呈现在眼前的灰信封证实。从上一封来信以后，她时常会有这种习惯性的冷战，因为，每次她打开门时，都在想会不会又有来信。

她受够了！她再也不能这样下去了！她丈夫收到信后，通常会脸色变白，并感到头疼，但稍后即可复原，而她做不到。对她来说，困惑是长期的，原因很清楚：她丈夫知道信是谁写的，知晓信里的内容，无论他要处理什么事情,他事先都能有所准备,无论情况多么不堪,他都能控制整个局面;而她却被蒙在鼓里,完全一无所知,只能做各种各样的猜测。

"我受不了,我一天也不能忍受了!"她大声地吼道。她把钥匙插进锁孔,转动钥匙,推门进去。桌面上,又摆着一封信。

二

夏洛特看见这信,感到一阵惊喜。一切都将一目了然,整个秘密将被揭开神秘的面纱。一封给她丈夫的信,一封来自一个女人的信——无疑这又是一个庸俗的"藕断丝连"的例子。她一直对此疑虑重重,绞尽脑汁却找不到合理的解释,这是多么傻啊!她稳稳地拿起信封,动作显得有点儿鄙视。她仔细地看着这些模糊的字体,然后把信凑到灯光底下,这样就可以分辨出折叠着的信纸的轮廓。她知道,如果现在她不弄清楚信里面的内容,她就不会平静下来。

她丈夫还没回来——他很少在六点半或七点前下班回家。现在还不到六点,她有足够的时间把信拿到楼上她的客厅里,一边喝茶,一边看信,以解开这秘密,然后再把信放回原处。这是最聪明的做法,这样,长期折磨她的疑虑就会结束。当然,她也可以盘问她的丈夫,但这样似乎更加困难。她用手掂量一下这信,再次放到灯光下观看,然后带着信上楼。很快她又下来了，把信放在桌面上。

"不，我不能这样做。"她自言自语，很是失落。

那该怎么办呢？现在她不能上楼，一个人待在温暖舒适的房间里品茶、读信，或看书、写评论——因为楼下那封信，搞得她心神不宁，静不下心做这些事。而且她知道，待会儿她丈夫回来，将会像往常收到这灰色的信件一样，拆开信，然后撇下她，独自一人进入藏书室。

她突然有了一个主意：守候在藏书室里，耐心地暗中观察。她想看看在不受注意的情况下，她丈夫与这信究竟是怎么一回事。她不知道为什么以前没有想到这个主意。她半开着门，搬了张椅子，坐在门后的一个角落里，她可以观察她丈夫而不被发现。她盯着门缝，等待着。

在她的记忆里，这是第一次试图去偷窥一个人的秘密。但她没有感到丝毫不安，她只是觉得自己在重重迷雾中跋涉，不论花多大的代价，她一定要从这迷雾中走出来。

她终于听到了肯尼斯开门的声音。她猛地站起来，差点忘了自己守在那儿的目的，想跑出来迎候她的爱人。但她很快就回过神来，重新坐下来。从她现在的位置，可以看到丈夫的全部行动——他进入大厅，走到桌子跟前，这时，他看到了信封。他的脸正对着灯光，所以夏洛特能观察到他惊奇的表情。很明显，这封信出乎他的意料——他没想到今天也会收到这样的信。尽管有点意外，既然来信了，他也就能够知道里面会写些什么。他没有马上拆开信，只是一动不动地站着。慢慢地，他的脸色变了，很显然，他还没有下决心去碰这封信。终于，他伸出手，拆开信封，拿着信走到灯光底下。他背对着夏洛特，她只看到他低着头，肩膀稍微有点往前倾。显然只有一页纸，因为他没有翻页，只是盯着看了很长时间，他一定反复读了很多遍——至少夏洛特是这样想的。最后，她看见他动了，拿起信一直伸到眼皮底下，好像还没有完全看清楚似的，然后又低下头。她看见他的舌尖触到了信封。

"肯尼斯！"她大喊一声，冲进了大厅。

她丈夫拿着信，转过身来，看着她："你刚才在哪儿？"声音低沉、含糊，好像刚从梦中醒来。

"在藏书室等你，"她尽量使声音平缓，"什么事？信里说什么？你脸色很难看。"她关心的问话似乎使他平静下来，他浅浅笑了笑，很快将信封放进口袋里。"难看？很抱歉，我今天工作不顺——有两个复杂的案子，我已经很累了。"

"你进来的时候并不这样，只是当你打开信的时候……"

丈夫跟着她进了藏书室。他们站着，对望着。夏洛特注意到，他很快就控制住了自己的情绪。他的职业使他在自控力方面训练有素，能很快地控制面部表情和声音。她立刻明白：如果继续努力去揭开他的秘密，她将会处于劣势。同时，她也失去了继续诱导他说出一切的可能。她不想引诱他说出任何他不想告诉别人的东西。她的欲望仍然是揭穿来信的秘密，只是因为她相信这样做也许能帮他减轻点负担。"尽管那是另外一个女人。"她想。

"肯尼斯，"她说，心却跳得很厉害，"我特地在这儿等你进来，我想看看你拆开信的样子。"

丈夫苍白的脸先是变紫，然后又变白了："信？信有什么特别？"

"因为我发现，每次来信，你都会发生奇特的变化。"

肯尼斯眼神里流露出一丝不悦，这是她从未见过的。她想："他脸的上部太窄了，我还是第一次注意到。"

此时他就像一个公诉人，表情冷淡，语气中稍微带点讽刺："哦，你有偷看别人拆信的习惯。"

"我没有这种恶习，我从没这样做过，但我得弄清楚，她究竟在灰色的信封里三番五次地都给你写了些什么？"他考虑了一下说："这间隔并没有规律。""哦，我敢说你比我算得更准确，"她反驳，由于他的表情和语气，她再也不想宽容他了，"我知道的是每次那女人写信给你……""为什么你认为那是个女的？""那是女人的笔迹，你否认吗？"他笑了："我不否认，我这样问只是因为笔迹总体看来更像是男的。"夏洛特不耐烦了，她不想听这些："这女人……给你写了些什么？"

他似乎又考虑了一会儿："业务上的事情。"

"法律业务？"

"从某种程度上说……总的来说是业务。"

"你为她处理业务？"

"对。"

"你这样做有很长时间了吧？"

"对，很长时间了。"

"肯尼斯，亲爱的，你就不能告诉我她是谁吗？"

"不能，"他顿了顿，似乎迟疑了一会儿说，"是职业秘密。"夏洛特感到血液往头顶上冲："不要这样说。""为什么不？""因为我看见你吻那信！"这话听起来有点令人狼狈，她很快就懊悔了。她丈夫平静地对待她的责问，而且心不在焉，好像他在跟一个不讲道理的孩子玩幽默。肯尼斯脸上显出了惊慌和不安，有好一会儿他似乎说不出话来，后来才努力恢复常态，结结巴巴地说："笔迹很模糊，你肯定是看见我拿着信凑到眼皮底下去辨认。""不，我看见你吻信了。"他不说话。"难道不是吗？"

他又回到那种冷淡的神情："也许。"

"肯尼斯，你站在这儿跟我说这些？"

"这样对你有什么意义？我告诉过你，信是有关业务的，你认为我在撒谎吗？写信人是我一个很长时间没见面的老朋友。"

43

"男人不会吻业务信件,即使老朋友是女的,如果不是曾经是情侣并还怀念着对方的话,是不会这样做的。"

他轻轻耸了耸肩,转过身去,似乎正在考虑结束这场争论,因为他讨厌谈话的内容。

"肯尼斯。"夏洛特走上前去抓住他的手臂。

肯尼斯脸上写满了疲惫,他把手放在夏洛特手上。"难道你不相信我吗?"他轻轻地问道。"我怎么相信你?几个月来,这种信件隔三岔五地到来,我们从西印度群岛回来的第一天,就收到第一封信,每次收到信后,我都能发现来信在你身上产生的奇怪影响,我看到你困惑、苦恼,好像有人在离间你我一样。"

"不,亲爱的,不是那样,绝不会那样。"

她往后仰了仰,用恳求的眼光惊奇地看着他:"那,亲爱的,请告诉我真相,这很容易做到。"

他勉强笑了笑:"向有成见的女人证明任何东西都是不容易的。""你只要给我看看那封信就可以了。"他把手抽回来,往后退了退,摇摇头。"你不愿意?""我不能这样做。""那,给你写信的是你的情人吗?"

"不是。"

"也许现在不是,我想她正在努力要夺到你,你出于同情我而在抗争着,可怜的肯尼斯!"

"我向你发誓,她不是我的情人。"

夏洛特委屈得眼泪流出来了:"哦,那更糟,更没指望了,我们都知道,那种精明的女人是很会控制男人的。"她低声抽泣。

她丈夫不说话,既不安慰她,也不否认她。最后,她擦干眼泪,抬起头来深情注视着他。

"肯尼斯,你想想,我们结婚时间不长,想象一下我为你吃了多少苦,你居然说不能把信给我看看,甚至不做任何解释。"

"我已经告诉过你那是业务信件,我可以向你发誓。"

"男人为了袒护某个女人会随时发誓的。如果你希望我相信你,至少告诉我她的名字,如果你告诉我,我就保证一定不再要求看信。"

两人都不说话了。她感觉到她的心快要跳出胸脯,似乎在警告自己正面临麻烦。

"我不能这样做,"他说。

"她的名字也不可以?"

"不可以。"

"你不能再告诉我一些别的情况?"

"不能。"

他俩又停下来不说话了,似乎都觉得没必要再争论下去了,他们无奈地对望着,彼此难以理解。

夏洛特呼吸急促，手抚住胸部。她感觉好像参加长跑比赛却没有跑到终点。她原打算感动丈夫，最后却令他更加厌烦。她打错了算盘。肯尼斯似乎变成了一个陌生人，一个神秘的、不可理喻的男人，任何争论和恳求都不能让他有所触动。她知道他内心并没有敌意，也不缺少耐心，有的只是距离，不可接近，难以征服。她觉得自己受到冷落，被排斥在他的生活之外。过了一会儿，夏洛特平静地看着他，发现他跟她一样痛苦。肯尼斯冷漠、警觉的脸痛苦地扭曲。灰色信封的到来，尽管也投下阴影，但从没有像与妻子争论所产生的影响那么大。

夏洛特鼓起勇气，毕竟她还没有尽全力。她走近丈夫，再次把手放到他手臂里："可怜的肯尼斯，如果你知道我有多么为你难受就好了……"

她想他会为这同情的话语感到惭愧，肯尼斯紧紧地握着她的手。

她继续说："我想世界上最糟心的事情，莫过于夫妻不能长久相爱，不能共同感受互敬互爱的美，或关系不稳固，不能共同承担相爱的责任。"

他脸上的表情显得有点郁闷，语气中带着责备："不要这样说我……不稳固？"

她最终觉得她的方法正确，她的声音由于激动而颤抖："那我跟另外这个女人怎么办？你曾经忘记过你的前妻——艾尔斯吗？"

她很少提起他第一任妻子的名字,她觉得不怎么自然,她把这些话说出来就好像将一颗地雷置于两人之间,她后退一步,等着地雷爆炸。

她丈夫身体没有动,表情却更加悲哀,但没有表现出任何不满。"我从来没有忘记过艾尔斯。"他说。

夏洛特不能控制自己,无可奈何地笑了笑:"那,你这个可怜虫,在我们三个人之间……"

"没有……"他开始说,但很快就停止了,将手放到额头上。

"没有什么?"

"很抱歉,我想我不知道自己正在说什么,我突如其来地感到头疼。"他呈现出憔悴和痛苦,令人相信他所说的是真的。但夏洛特被他的逃避激怒了:"啊哈,对,为那些信头疼。"

他感到惊讶,冷冰冰地说:"我忘了你一直在关注着我,请原谅,我想上楼去待会儿,看能否减轻这种神经痛。"

她踌躇了一下,然后非常坚决地说:"你头疼,我也很难受,但在你离开之前,我想说这问题迟早得由我们自己解决。有人想分开我们,不论付出什么样的代价,我都要查清楚她是谁。"她盯着他的眼睛,"即使要我献出你的爱,我也不在乎,如果我得不到你的信任,我也不想从你那儿再得到其他任何东西。"

肯尼斯忧伤地看着她:"给我点时间。"

"给时间干什么？这是个很容易解决的问题。"

"给时间让我向你证明，你并没有失去我的爱和信任。"

"那我就等着吧。"

他转向大门，然后犹豫地回头看了一眼："等着，亲爱的。"然后走出了房间。

肯尼斯拖着疲惫的步伐上楼了。不久，夏洛特就听到了他关门的声音，她跌坐在椅子上，用手抱住头。她后悔她的第一步，觉得自己有点残忍："怎么能说我不介意失去他的爱呢？大骗子！"她想上楼去收回那些毫无意义的气话，但她想了一会儿，肯尼斯毕竟有他的难处，躲开了对他隐私的追问，现在正一人关在房里，读那女人的信。

三

她还在想着这件事，这时仆人进来了。夏洛特说她不准备更衣吃饭，先生也不想吃饭，他很累，已经上楼休息去了。她让仆人过会儿把晚餐装在托盘里送到她的客厅里去。然后她缓慢地回到自己的卧房。看到床上的晚餐服，她想起平静的日常生活。她开始感觉到刚才与丈夫的奇怪争论一定会在另一世界重演。在两个人之间,但不是夏洛特·戈斯和肯尼斯·艾斯比，而是她狂热想象里面的鬼魂。她回忆起跟丈夫在一起时的幸福时光。自从他们结婚以来，她丈夫对她忠诚体贴，他给她的感觉是他如此渴望依赖她，深入地接近她，如此亲密无间，情投意合。几分钟前她却指责丈夫与别的女人在搞什么阴谋，想起这些，夏洛特感到既反常又荒谬。

她再次想到去找肯尼斯，求他原谅，尽量消除他们两个人之间的误会，但又害怕这样会干涉他的隐私，只好作罢。肯尼斯困惑、苦恼、害怕、悲哀，他已向她表明自己能独自去面对这场战斗，尊重他的意愿会更明智。现在自己却呆坐在他的隔壁好像置身于世界的另一端，这又使夏洛特觉得难以接受。在紧张和恼怒中，夏洛特甚至懊悔没有在他回来之前把信拆开，然后再原样放回大厅的桌面上，这样至少她可以知晓丈夫的秘密及其带给他的惊恐和忧虑。因为她开始把来信的秘密看作是有意识的恶意骚扰：丈夫面对这种骚扰提心吊胆，然而又无法解脱。夏洛特从他逃避的眼神里看到了求助的欲望、忏悔的冲动、他备感压抑，觉得如果她知道这些，就可以帮助自己，但事实是丈夫坚持不能告诉她真相。

夏洛特脑海里闪出一个念头：去求助他母亲，她很喜欢艾斯比老太太。她是一个身体硬朗、目光坚定的女人，说话严厉、坦诚，刚好跟夏洛特直率、简单的个性相投。老太太第一次与新儿媳妇共进午餐时，她们就非常投缘。那天，夏洛特在楼下的藏书室里恭候艾斯比老太太，她看到她儿子的书桌上面空白的墙壁，就直率地说了句："艾尔斯去哪了，嗯？"听到夏洛特嘟哝式的解释后，补充说："要她回来干什么，三个人怎么相处？"夏洛特听到这些话，竟对老太太笑了笑。现在对她而言，艾斯比老太太异乎寻常的坦诚可能会直接涉及这些自己想知道的秘密，但她犹豫了，因为这种想法就意味着背叛。她有什么权利去叫别人，哪怕是肯尼斯的母亲，来揭开丈夫不想让她知道的秘密？也许，不久，他会主动地告诉他母亲，但这有什么用？她和他必须自己解决他俩之间的问题。

她正思考着这问题，丈夫敲门进来了，他已经换好了吃晚饭的衣服。肯尼斯看到她坐在那儿，还没有换衣服，感到很惊奇。

"你不下来吗？"

"我以为你不舒服，已经睡觉了。"她声音有点颤抖。

肯尼斯强装笑容："我感觉不是很好，但我俩最好下去。"他的脸仍有点僵硬，跟一小时前急步上楼时相比，却平静多了。

正是如此！他知道信中的一切。他已经在努力解脱出来，而她仍被蒙在鼓里，毫不知情。她按铃，吩咐仆人："马上准备好晚饭，要简单一些，要快。"她和肯尼斯都已经很累了，但并不很饿。

晚饭准备好了，他俩坐下来吃饭，一开始两人找不到话题，然后肯尼斯终于开始说话了，语气有些轻松，却让人感到比沉默更压抑。他闲聊一些市政、航空、现代法国美术展、老婶婶的健康和安装自动电话等话题，夏洛特则独自思忖："他肯定累坏了，他真的太累了。"

如果只有他们两人用餐，饭后他俩就通常到藏书室去，她坐在长沙发上用织针梳理头发，而他则坐在灯下座椅上抽烟。但今晚，他们很默契，都避免回到他们曾发生争吵的房间里面去，而一起走到楼上夏洛特的客厅里。

他俩坐在火炉旁边，肯尼斯放下手中的咖啡，他平时很少喝咖啡。"抽烟吗？"她问。

他摇了摇头："不，今晚不抽。"

"你得早点休息，你太困了，你肯定太累了。"

"我想我们大家都一样。"

夏洛特站在他面前，坚定地说："我并不打算要你像奴隶一样耗尽你的精力，那是荒唐的，我看得出你病了。"她弯下身去把手放到他额头上，"可怜的肯尼斯，我们准备去度长假吧。"

他抬起头看着她："度假？"

"当然，难道你不知道我正准备复活节跟你一起出去吗？我们将在两周后出发，到什么地方去度假一个月，比如说在游艇上。"她停下来，身子弯得更低了，吻着他的额头，"我也累了，肯尼斯。"

肯尼斯似乎没有留意她说的最后一句话，只是坐着，手放在膝盖上，头稍微往后靠了靠，以离开她的抚爱，然后盯着夏洛特，有点不解："又要去度假,亲爱的,我去不了,我可能无法离开。"

"我不明白为什么你说又要去度假,肯尼斯,今年我们从未真正度过假。"

"圣诞节我们不是跟孩子们在乡下待了一周吗?"

"对,但这次我们不带孩子,不带仆人,离开家,远离我们熟悉和令我们疲劳的一切,你母亲喜欢跟乔斯和彼得在一起。"

他皱了皱眉头,轻轻摇了摇头:"不,亲爱的,我不能将他们丢给我母亲。"

"为什么,肯尼斯,多荒唐啊!她爱他们,当我们到西印度群岛去的时候,你可是毫不犹豫地就将他们扔给你母亲,那可是两个月啊!"

他深深地吸了口气,不安地站起来:"那不一样。"

"不一样?为什么?"

"我的意思是,那时,我没有意识到……"他顿了顿,好像在考虑用词,继续说,"如你所说,我母亲喜欢孩子们,但她并不是很严格,会惯坏小孩的,再者,有时母亲在他们面前说话没经过太多考虑,"他转向他妻子,用一种可怜的请求手势,"不要逼我去,亲爱的。"

夏洛特想想也是,老太太口无遮拦,那是真的。但她是世界上最适合在孙子孙女面前说任何事情的人,尽管大多数的父母都会对此有些微词。夏洛特困惑地看着丈夫。

"我不明白。"

他脸上仍是一副不安和恳求的神情。"不要逼我。"他嘟哝着。

"不要逼你？"

"现在不要……现在不要，"他举起手挤压着印堂，"难道你不明白你这样做是没有用的吗？我不能走开，无论我多么想这样做。"

夏洛特仍然奇怪地审视着他："问题是你想吗？"

他看了她一眼，嘴唇开始发抖，很困难地说："我想做你想做的任何事情。"

"但……"

"不要逼我，我不能离开……不能。"

"你的意思是你不能离开那些来信！"

丈夫站在她面前，不安、彷徨。他突然转过身去，在房里来来回回踱起步来，低着头，眼睛盯着地毯。

夏洛特的愤怒和恐惧涌上心头。"原来是这样，你为什么不承认？没有这些来信，你就活不了。"

他继续在房里走来走去，显得十分烦躁，然后停下来，坐在椅子上，用手捂着脸。从肩膀的颤动，夏洛特可以看出，他哭了。夏洛特母亲死后，她父亲哭了，那时她还小，从那以后，她从未见过男人哭。而且她还记得那情景多么吓人，她现在也感到害怕，她觉得她丈夫正被逼向神秘的深渊，她必须用尽全部力量去为他争取自由，同时也为自己的自由而努力。

"肯尼斯！肯尼斯！"她乞求，跪在丈夫旁边，"听我说好吗？难道你不明白我正在遭受什么样的折磨吗？我不是不讲道理的人，真的不是，如果这些来信没有给你带来这样的伤害，我也不会去注意它们的。偷窥别人的隐私不是我的风格，即便影响不一样……听我说，如果我看到这些来信使你高兴、使你振奋，你急迫地等着来信，算着它们到来的日期，你需要它们——那，肯尼斯，我也不会受这样的折磨，但情况不是这样，而是恰恰相反，我本应该有勇气去掩饰我的感情，我本也希望有一天你会用对写信人那样的感情来对待我。但我所不能忍受的是你如此受其困扰，如此惶恐，你不能离开它们，为了这些信甚至不想离开家，担心会漏掉一封，"她说话音量慢慢地提高了，哭着指责肯尼斯，"也许是因为她禁止你离开。肯尼斯，你必须回答我！是不是这样？是不是因为她不准你跟我一起走？"

她继续跪在他身旁，抬起手，把肯尼斯的手轻轻地拿了下来。

她为自己揭开那痛苦的遮掩和自己的执着追问而感到羞愧，然而她坚持认为这些顾虑没有影响自己表白的初衷。肯尼斯低下了目光，面部的肌肉颤抖着，夏洛特的一番陈词令他比自己更痛苦，她却不再为此感到内疚。

"肯尼斯，是这样吗？她不让你跟我一起走？"

然而，他不说话，也不看她。夏洛特顿时感到很失败。她想，这毕竟是一个败局。"你不必回答，我明白我是对的。"

她站起来时，肯尼斯突然转过身把她拽了下来，紧紧地抓住她的手。她感觉他手上的戒指已嵌入了自己的肉里。夏洛特明显地感觉到他的恐惧和痉挛，就像一个人快要掉落悬崖时，紧紧抓住一根救命稻草。他盯着她，似乎将要获得拯救似的："当然，我们一起去，我们一起去你想去的地方。"他声音很低，有点含糊，他搂着她，贴近她，吻着她的唇。

四

夏洛特想："我今晚要睡觉。"但她没有，她在火炉前坐了几个小时，倾听丈夫房里面的动静，而丈夫经过晚上的痛苦挣扎，似乎已进入了梦乡。她曾数次悄悄地走到肯尼斯的房门口，借着街上的灯光，她看到他四肢张开，睡得很沉——那是因为虚弱和乏力。"他病了，"她想，"他肯定是病了，不是因为工作过度，而是因为这神秘的困扰。"

夏洛特舒了一口气，经过了一场不知疲倦的战斗，自己终于获得了胜利——至少是暂时的，如果他俩马上出发就好了——到哪儿去都成！她知道，度假之前要他放松是没有用的，而且这神秘的力量——

对此她还一无所知——还会继续跟她作对，自己得一天天地重复战斗直至度假行程开始。以后一切都会不一样的。如果她能把丈夫带到另一个地方，她就不会怀疑自己的能力——她一定会把丈夫从现在的魔影笼罩中解救出来。想到这些，她感到非常平静、十分满足，最后也睡着了。

夏洛特醒来时，发现自己比平常起床晚了许多。她坐在床上，为自己睡过了头感到意外和不安。她通常喜欢在楼下的火炉边与丈夫共进早餐，但一看钟，就知道丈夫一定已经上班去了。为证实这个想法，她跳下床，跑进他的房间，没有人。很显然，他离开之前来看过自己，见自己还睡着，没有打扰就下楼去了。她感到他俩又恩爱如初、情真意切，她甚至后悔错过了共进早餐的机会。

夏洛特按铃叫仆人进来，问肯尼斯先生是不是已经走了。"对，一小时以前就走了，"女仆说，"他吩咐过不要叫醒夫人，如果不是夫人要求，不要让孩子们到您房里来，对，他已到育儿室吩咐过了。"所有这些听起来也很平常，但夏洛特自己也不知道为什么要接着问下去："肯尼斯先生有没有留下其他口信？"

"有，"仆人说，"很抱歉忘记了，他离开时要我转告夫人，说他去打听一下航程，并要我问您是否愿意明天起航。"

夏洛特耳边反复响起仆人的话，"明天，"她坐在那儿盯着女仆，简直不敢相信,"明天……你肯定他说的是明天?""十分肯定,夫人,我不知道怎么会忘记提起这事。"

"没关系,请替我放好洗澡水。"夏洛特跳起来,冲进更衣室。坐在镜子前梳着头发,一边唱歌,一边盯着镜子里自己的形象。获得这么大的胜利,她又感到年轻了,另一个女人消失了,变得不重要了,而镜子里的女人正控制着大局,正对自己微笑。他爱她,像以前一样充满爱意,他已充分意识到她的痛苦,已经完全理解了他俩的幸福取决于他们立即一起离开,经过昨天迷雾中艰苦的摸索,终于又互相找到对方。横亘在两人之间的阴影对夏洛特而言,已经算不了什么。她面对幽灵并赶走了它。"勇气,那就是秘密所在。如果所有恋爱中的人们都能直面他们的幸福,不怕牺牲就对了。"

她梳理那轻盈茂密的头发,头发就像通了电一样飘了起来,像胜利的棕榈叶。一些女人知道如何去控制男人,另一些却做不到。她颇有感悟地解释:只有美女才配英雄。当然,此时的夏洛特看起来的确很美。

整个早上就像一艘航行在明亮大海上的小船,欢乐无比,他们将要在这样的大海上击浪向前。她特意吩咐做一顿丰盛的晚餐,然后送孩子们上学,叫人把大旅行箱拿下来,和仆人们商量出去时带什么样的夏装——因为他们将要去的地方阳光充足,热浪袭人——她不知道是否应该把肯尼斯的男绒裤从樟脑柜中拿出来。"多荒谬啊,"她想,"我还不知道我们将会去哪儿呢!"她看了看钟,快到中午了,她决定给他的办公室打个电话。等了一会儿,她听到他秘书的声音:"肯尼斯先生早些时候来过,但很快就离开了,夫人可以晚点再打电话过来。""他什么时候回来?""不知道。"她们所知道的是他离开时说他很忙,因为他得出城。

出城!夏洛特挂了电话,又重新跌回黑暗之中,脑子一片空白。他为什么出城?他到哪里去了?他什么时候出城不好,为什么偏偏挑他们临时决定出发的前夜?她十分忧虑,感到自己有点发抖。他去看那个女人——肯定是去要求得到这个女人的允许。他完全被束缚住了。夏洛特觉得自己真笨:她竟然认为自己胜利在望了。她突然大笑起来,穿过房间,坐到镜子跟前。那是一张什么样的脸呀!苍白的嘴唇上露出的微笑似乎正在嘲笑另一个健康红润的夏洛特。逐渐地,她的脸色恢复正常了。毕竟,她有权去争取胜利,因为她丈夫正在做着她想要做的事情,而不是其他女人逼迫他的。因为是临时决定第二天离开,他要做些安排,处理些业务,这是很自然的。他的神秘之旅不一定是去拜访写信人,可能不过是到城外去造访一个客户。当然秘书不会在办公室的电话里告诉夏洛特这些。肯尼斯先生不在,他的秘书连传递这么一点小事也表现得犹豫不决。晚些时候她将愉快地知道自己会被带到一个快乐的小岛。那样，她就可以继续做旅行的准备。

时间过得很慢，确切地说，时间在她急迫的等待中慢慢流逝。直至女仆进来掀起窗帘，她才意识到已经五点了，但她还不知道第二天要去哪儿！她打电话到她丈夫的办公室，回答说肯尼斯先生早上出去后一直没回来过。她找他的搭档，搭档也没有更多的消息，因为他搭档坐的火车晚点，到办公室时，肯尼斯已是来了又走了。夏洛特茫然地站着，决定给婆婆打电话。肯尼斯度假之前，肯定去看望他母亲了，尽管他反对，但孩子们还是得留下来跟艾斯比老太太在一起。很正常，他有很多事情要与他母亲商量决定。从另一角度看，夏洛特可能会感到有点受伤，因为她被排除在外。但现在什么都不重要，重要的是她已经获胜了，她的丈夫仍然是她的，而不是别的女人的。她很高兴地接通了艾斯比老太太的电话，听到她友好的声音后，她说："肯尼斯带去的消息使您意外了吧，我们私自决定外出度假，您认为怎么样？"

老太太还没有回答，夏洛特很快就知道她会说些什么。老太太还没有见过儿子，她儿子没有告诉过她什么，老太太也不知道儿媳妇话里的意思。夏洛特静静地站着，充满了意外，他究竟到哪儿去了呢？她很快恢复过来，向老太太解释了他们的决定。这样，她逐渐重获自信，确信没有任何东西可以妨碍她和肯尼斯。老太太平静地听完了事情的经过，她也觉得肯尼斯看上去很焦虑、很累，她同意儿媳妇的看法，这种事情，改变环境是最好的办法。"肯尼斯外出度假时我都很高兴，但他前妻讨厌旅行，经常找借口不让他外出。跟你在一起，天哪！一切都不一样了。"对于儿子没有来得及告诉她这个消息，老太太没有感到意外，"肯尼斯一定是太忙了，但相信晚饭前他会来访。真的需要好好谈谈，我希望你能逐渐纠正他那不良的习惯——本来几句话就能解决的问题，他却翻来覆去没完没了。他过去从不是这样的，如果他将这种习惯带到自己的工作里去，他会很快失去所有的客户。对，有时间的话，请过来一会儿，我相信他也会来的。"夏洛特继续收拾行装。老太太的话回响在耳边，令她深感安慰，不再那么担心了。

七点，电话铃响了，她飞快地奔向电话，现在就要知道了。电话是肯尼斯那位认真负责的秘书打过来的，她说肯尼斯先生还没有回来，也没有捎回任何话，快下班了，她应该让夫人知道。"好！谢谢！"夏洛特故作欢快地回答，她放下话筒，感到手在发抖。这时候，她想：他一定在他母亲那儿吧！她关上抽屉和壁橱，戴上帽子，穿上大衣，打电话通知育儿室说她要出去一会儿，去看看孩子们的奶奶。

老太太住在附近。她穿行在寒冷的春夜里，在短短的路途中，夏洛特想象每个擦身而过的身影都是她的丈夫。在路上，她没遇上丈夫。她进到屋里，发现只有老太太一个人在，肯尼斯既没来，也没打电话来。老太太坐在燃烧着的火炉旁，她的织针在手中往来穿梭。老太太的存在让夏洛特感到特别舒心。肯尼斯离开一整天，不让他们知道，这真是有点奇怪，但毕竟可以预料得到，忙碌的律师人际关系如此复杂，任何突变的情况都会使自己被迫做各种临时的安排和调整，他也许到外面去看望客户，被客人留住了。老太太记起她儿子告诉过她，他曾负责新泽西某地一位老先生的法律事务，这位老先生很富有，却很吝啬，舍不得装电话，肯尼斯很可能在那儿耽搁了。

但夏洛特感到紧张不安又回到了身上。老太太问她明天几点开始航行时，她说不知道——肯尼斯只说会起程——这些话又令自己感到奇怪。甚至老太太也认为有点反常，但她马上补充说那只是表明他很忙。

"不过，妈妈，快八点了，肯尼斯一定会意识到我应该知道我俩明天出发的时间。"

"船可能到晚上才起航，有时为了等潮水，人们等到深夜，肯尼斯可能已考虑到这些，毕竟他是个头脑清醒的人。"

夏洛特站起来："不是这样，他一定发生了什么事。"

老太太摘下眼镜，收起织针："不要胡思乱想……"

"难道您一点都不担心吗？"

"到了万不得已的时候，我会的，我希望你打电话回家问问，留下来吃晚饭吧，他会到这儿来的。"

夏洛特给自己家里打电话，仆人回答说，肯尼斯先生还没有回来，也没有打来电话,会转告肯尼斯,夫人今晚在老太太家里吃饭。夏洛特坐在餐桌旁,对着空碟子,感到喉咙干燥。老太太在厨房里井井有条地准备晚饭。

"你得吃点东西,否则你也会像肯尼斯一样糟的,对,多吃些芦荟。"

老太太坚持让夏洛特喝点酒,尝点烤面包。饭后她们俩回到客厅。屋里,火已经生起来,老太太座椅上的麻团也抖开了。这一切看起来多么熟悉、多么安宁,而在外面黑暗中充满了神秘,隐伏着两个女人难测的答案,就像不可辨识的身影在门口徘徊。

最后,夏洛特站起来说:"我最好回去,这时候肯尼斯肯定直接回家了。"

老太太和蔼地笑了笑:"不是很晚,两人吃饭不会花太长时间的。"

"已经九点多了,"夏洛特弯下腰吻她,"我坐不住。"

老太太把手中的活计放到一边,手放在扶手上:"我跟你一起去。"说着,自己站了起来。

夏洛特不同意:"太晚了,也没必要,肯尼斯一回来,我就给你打电话。"但老太太已按铃叫来了仆人。她腿有点跛,拄着拐杖站着。这时,仆人把她的披肩拿过来。"如果肯尼斯过来,转告他我到他家里去了。"她吩咐仆人。两人钻进叫来的出租车。路程比较短,夏洛特不是一个人回家,谢天谢地,有老太太在身边,看着她坚定的目光和硬朗的身子,她感到很温暖，很真实。车子停下来，老太太抓住夏洛特的手，安慰说："应该有消息的。"

听到夏洛特的按铃声，仆人开门，两人进了屋。夏洛特心跳得厉害，但婆婆的自信就像一支强心剂，流遍了全身。

"会明白的。"她反复说道。

开门的仆人说肯尼斯先生没有回来，也没有捎来任何消息。

"你肯定电话没毛病吗？"老太太提醒。仆人说半小时前没有毛病，并拿起听筒再次验证无误。仆人离开了。夏洛特转过去，摘下帽子和披风。这时，她发现大厅的桌面上有个灰色的信封，上面是她丈夫的名字，写得不是很清楚。她"哦"了一声，突然意识到几个月里，这是她第一次进门时没有想到信封的事。

"什么？"老太太惊奇地看了她一眼。

夏洛特不回答。她拿起信封，盯着看，似乎强迫自己的目光穿过信封，知晓里面的内容。

她有主意了，转过身，把信封递给婆婆："你认得这笔迹吗？"她问。老太太接过信封，用另一只手扶了扶眼镜，把信封拿到灯下。突然，她"啊"地惊叫一声，马上又停住了。夏洛特注意到信在她稳健的手上抖动着。"是写给肯尼斯的。"老太太说，声音很轻，她的语气似乎暗示儿媳妇所提的问题欠妥。

"没错，"夏洛特突然下定决心说，"但不管怎样，我想知道，你认识这笔迹吗？"

老太太把信还给她。"不认识。"她坚定地回答。

两人走进藏书室，夏洛特打开电灯，把门关上，手里仍然拿着信封。"我准备打开它。"她说。婆婆惊讶地看了她一眼："这封信不是写给你的，你不能这样做。"

"我不管，"她继续看着老太太，"这封信或许能让我知道肯尼斯在什么地方。"

老太太的脸色一下子变了，原来光彩动人的神色随之消失。她坚实的脸颊似乎也在收缩和凋谢："它会让你知道？你凭什么这样想……这不可能……"

夏洛特盯着那张变形的脸："那你肯定认识这笔迹。"

"认识这笔迹？我怎么认识？在所有我儿子的信函里，我所知道的是……"老太太不住下说了，以恳求、胆怯的目光看着儿媳妇。

夏洛特抓住她的手臂："妈妈，你知道什么？告诉我，你一定要告诉我！"

"我认为一个女人私自拆看丈夫的信件是不好的。"

这话让夏洛特听着有点刺耳。她不耐烦地笑了笑，松开了紧紧抓着婆婆的手："就这样完了吗？拆不拆这信都没什么好处，我也知道这点,但无论多么糟糕,我都打算弄清楚里面是什么东西。"刚拿到这封信时,她的手就一直在颤抖,但现在不了,她的声音变得平静和坚定。她仍然注视着艾斯比老太太:"这是婚后寄来的第九封信,称谓都是同一个人写的,而且同样是灰色的信封。我算得非常清楚,因为接到每封来信后,肯尼斯都会像一个受了巨大惊吓的人一样,要花几小时才能平复。我已经跟他说过,我告诉他,我一定要弄清楚这些信是谁写的。因为我看得出这些信正像杀手一样不停地伤害着他。但他没有告诉我,他说他不能告诉我任何关于这封信的事情,但昨天晚上他答应跟我一起走——离开这些信。"

老太太颤颤巍巍地走到一把座椅前坐下去,头低着。"哎……"她嘟哝着。

"现在您该明白了吧……"

"他告诉过你要远离这些信吗?""对,说过,他泣不成声,我却告诉他,我知道其中原委。""他怎么回答?""他抓着我的手说,他要跟我到我想去的任何地方。"

"啊,谢天谢地!"老太太说。一阵沉默后,老太太继续低头坐着,眼睛不再看着她儿媳妇。最后她抬起头来说:"你能肯定是九封吗?""当然,这是第九封,我一直在算着。"

"他坚决不做任何解释?"

"是的。"

老太太嘴唇苍白，微闭着："你们是什么时候收到这种信的，你记得吗？"

夏洛特又笑了："怎么不记得？我们度蜜月回来的第一天晚上就收到了第一封。"

"从那时就开始了？"老太太抬起头，十分坚决地说，"那……把它拆开。"

夏洛特没想到她会说这话，顿时感到两颊发烫，手又开始颤抖了。她努力将手指伸到信封的页舌底下，但贴得太紧，她只好到丈夫的写字台去拿象牙开信器，摆弄这些她丈夫近来常用的器具时，她感到一股寒心的凉意直透心窝。

房间里极其安静，开信声听起来就像人在哭泣。她抽出里面的信纸，凑到灯底下。

"怎么？"老太太屏住呼吸问。

夏洛特不动，也不回答。她弯下腰，皱着眉头，让它更靠近灯光。台灯光照到光滑的信纸上反射出来，模糊了她的视线，也许因为视力受到影响，她只能识别几个模糊的笔画，看不出写的是什么。

"我猜不出写的是什么。"

"什么意思？"

"笔迹太模糊了……等一等。"

她回到桌子旁,坐下来凑到肯尼斯的台灯下,把信封放在放大镜下,整个过程,她都能感觉到婆婆在盯着她看。

"怎么样?"老太太憋不住了,声音更加低沉。

"还是不清楚,不知道写的是什么……"

"你是说这纸是空白的?"

"不是,上面写着字,有个字好像是'来'。"

老太太猛地站起来,她的脸色更加苍白了,她走到桌子前,手扶着桌子,深深地吸了一口气。"让我看看。"她说,似乎在强迫自己努力一把。

夏洛特受到婆婆的影响,脸色也变得苍白,"她知道些什么。"她把信推到桌子对面去,老太太默默地低下头看着它,但并不用她那苍白、有斑点的手去拿它。

夏洛特站在那里看着她,就像刚才她在读信时老太太看她一样。老太太摸索着找她的眼镜,戴上眼镜,低下头靠近已摊开的信纸,但似乎避免接触它。灯光直接照在她惨白的脸庞上。夏洛特想:在这清晰和直率的轮廓底下,究竟隐藏了多少未知的东西。她婆婆的个性简朴:友好、热情、富有同情心,有时也会发火。除了这些,她从未见过她婆婆表现出其他情感,而现在她脸上则挂着恐惧和仇恨的表情,其中还有沮丧、畏缩和蔑视，似乎是她内心的挣扎扭曲了她的脸部轮廓。最后她抬起头，说："我不能这样做。"声音中带有孩子气的羞怯。

"你也看不出来？"

她摇摇头。夏洛特看见两滴热泪滑下了老太太的脸庞。

"你很熟悉这笔迹。"夏洛特坚持着，但嘴唇在抽搐。

老太太没有直接回答："我看不出来，一点都看不出来。"

"你一定认得这笔迹。"

老太太有点胆怯地抬起头，她环视一下安静熟悉的房间，眼神里流露出忧虑："我怎么能说？一开始我就感到很震惊。"

"因为您认得这笔迹？"

"我想……"

"您最好把它说出来，其实您早就知道是她的笔迹。"

"哦，等一等，等等。"

"等什么？"

老太太抬起头，眼睛慢慢地掠过夏洛特，最后停留在儿子写字台后空白的墙上。

夏洛特冷笑起来："我不必再等了，你已经告诉我了，你正看着以前挂她画像的墙。"

老太太举起手做警告状："嘘。"

"哦,您不必想象任何东西能再吓唬住我。"夏洛特叫起来。

婆婆仍然倚着桌子,嘴唇悲哀地动着:"我们快疯了——我们两个都要疯了,我们俩都知道这种事情是不可能的。"

媳妇有点同情地盯着她:"现在我已经明白,一切都是可能的。"

"这件事也是?"

"对,正是这件事。"

"但这封信……毕竟,信中什么东西也没有。"

"也许肯尼斯知道是什么东西,我哪知道呢?我记得他曾经说过如果你习惯一种笔迹,最模糊的笔画你也能看懂。现在我明白了他的意思,他习惯了。"

"但我能猜出的几个笔画十分微弱,没有人能读这封信。"

夏洛特又苦笑道:"我想一切都会为鬼魂所震惊的。"

老太太声音尖锐地说:"哦,我的孩子,不要这样说!"

"为什么我不应该这样说,甚至空墙都可以喊出来了!如果你我都看不懂这信,这有什么区别?难道你还不明白她充斥着整个房间,与你儿子靠得那么近,就是因为我们都看不见她?"夏洛特跌坐在沙发里,用手捂着脸,抽泣起来,整个身子都在发抖。这时有人碰了下她的肩膀,她抬起头来,看见婆婆正弓着身子看着她。老太太的脸似乎越来越小,越来越失去昔日的光彩,但已恢复往常安静的表情,透过她的痛苦,夏洛特能感受到她坚毅的力量。

"明天，明天你就会明白，明天就会有解释。"

夏洛特打断她的话："解释？谁来做解释？我不信！"

老太太往后退了退，直了直身子，有点悲壮："肯尼斯将会做出解释。"她几乎是吼出来，声音很大。夏洛特没说什么，老人继续说："同时我们得行动起来，我们必须通知警察，现在就去，不要耽误时间了，我们必须竭尽全力——全力！"

夏洛特慢慢地站起来，她的关节像老人一样有点僵硬："我们做任何事都会有回报的。"

"对！"老太太坚定地说。夏洛特走向电话，拿起了话筒。

一笔生意

一

"噢,当然有,但你永远不会知道。"

这句充满肯定语气的话是六个月前,那是六月份,玛丽的一个朋友在一个阳光明媚的花园里,微笑着顺口而出的。现在玛丽·波耶尼站在十二月的黄昏里,等着仆人给书房送灯来。就在此时,朋友的那句话又在她的耳边回响起来,她也对这句话的含义有了崭新的理解。

这句话出自阿丽达·斯泰尔之口。阿丽达的家位于庞波尼,他们几个人就坐在她家的草坪上喝茶,谈论的话题是以有重要"特征"的房子为中心。玛丽·波耶尼和她的丈夫一直想在英国南部或西南部某个郡租一座房子，因此，他们一到英格兰，就直截了当地向阿丽达·斯泰尔说出这个想法，因为她在这方面做得非常成功。然而，阿丽达提出好几个现实而又理智的建议，都被他们婉拒了。看到他们如此挑剔，阿丽达最后说道："在多塞特郡有一座名叫林格的房子，它曾属于雨果的表亲，你们可以很便宜地租下它。"

阿丽达认为，房子之所以便宜，是因为它远离车站，没有电灯，也没有热水管道及其他常见的生活设施。然而，这些原因竟获得这两位罗曼蒂克的美国人的喜爱。他们一直在孜孜不倦地寻找那种在实际用途上有缺陷的房子。按照他们的看法，这种房子往往可让他们领略某些建筑上的美。

"除非我觉得浑身不自在，否则我不会相信我住在一座古老的房子里。"内德·波耶尼说。他是夫妻两人中离经叛道的那一个。他开玩笑说："如果有一点便利的痕迹，我就认为它们是从展销会上买来的。一件件都编过号，只需重新组装一下就行。"他们开始精确地列举着各种疑问和需求，尽管多少带着些开玩笑的成分。他们在知道这座房子没有取暖系统后，终于相信这座房子是真正的都德式建筑。还有一件令人遗憾的事，就是房子的供水系统时断时续，而且该村的教堂真的就建在附近。

"真是不舒适到家了！"阿丽达将这座房子的缺点一一罗列出来，

内德·波耶尼简直是喜出望外。然而,一阵狂喜过后,他又疑惑地问:"有没有鬼呢?你是否瞒着我们,其实那儿根本就没有鬼!"

此时,玛丽和他一起大笑起来。笑归笑,她的看法却与丈夫明显不同,因为她注意到,阿丽达在回答内德时,声音非常平淡。

"噢,你知道,多赛特郡到处是鬼。"

"我知道,但那有什么用?我不想开车到十英里外的地方去看别人家的鬼。我想在自家屋子里看到鬼。林格有鬼吗?"

内德的话让阿丽达又笑起来。直到此时,她才用略带挑衅的语气说:"噢,当然有,但你永远不会知道。"

"永远不会知道?"内德责怪道,"如果不给人知道,那么世界上怎么会有鬼呢?"

"我说不准,只是个故事而已。"

"你的意思是不是,那儿有鬼,但没有人知道它是鬼?"

"嗯……至少要等到后来才能知道。"

"等到后来?"

"就是等到很久以后。"

"一旦确定它不是尘世间的来访者,为什么这一家没有将来访者的特征传述下来呢?它怎样隐藏自己且不给人识破呢?"

阿丽达只能摇着头说:"不要问我,但确实有鬼。"

"那么，突然，"玛丽幡然醒悟似的说道，"突然在许久以后，人们会自言自语：'那就是鬼吗？'"

玛丽被自己阴阳怪气的声音吓了一跳。她的问题也让那两个正在开玩笑的人大吃一惊，阿丽达的眼睛里掠过一丝惊奇："我认为是这样，人们只有等待。"

"噢，让等待见鬼去吧！"内德插嘴说，"对于一个只能在回忆中玩味的鬼来说，生命实在太短暂了。我们就不能找到一所更好的房子吗，玛丽？"

结果是，他俩东找西找，最终还是来到这里。三个月后，他俩在林格安顿下来。他们向往已久，甚至连日常生活中的各种细节都已事先设想好了，生活真正开始了。

在十二月阴沉的暮色中，你如果坐在黑色的橡树屋顶下，靠在宽大的壁炉旁，就可以感觉到玻璃窗外天色逐渐昏暗，周围的一切静寂而荒凉。正是为了最大限度地沉浸于这种感觉之中，玛丽·波耶尼借着她丈夫做生意的机会，竟然自作主张离开纽约，搬到美国中西部的一个偏远小镇。在那里，她忍受了近十四年死气沉沉、黯淡无光的生活。在那里，内德仍然执着于他的工程项目，直到有一天，一笔飞来横财完全改变了他们的生活，使他们得以享受人生的闲情逸致。然而，他们从未打算在无所作为中荒废哪怕一刻时光，一心想使自己完全融入和谐生动的各项活动中去。玛丽热爱园艺以及想要以灰色墙壁为背景作画，内德则想完成那本计划已久的《文化的经济基础》。有如此多吸引人的工作等着去做，他们的生活当然不能与世隔绝，也就是说，既不能完全脱离现实，也不能长久地陷入过去的生活。

多塞特郡吸引他们的地方在于，它给人一种与其地理位置毫不相称的荒凉偏僻感。对波耶尼夫妇来说，在这个布局紧凑得令人难以置信的岛屿上，它是仅有的几个可以再现历史的奇观之处。这个岛屿是一群小郡的组合，他们这样称呼它。质地不同，产生的效果也大相径庭：真所谓十步一景，景景不同。

"正是那些风格迥然不同的自然景观，"内德曾激情洋溢地解释说，"留给人们如此深刻的印象，带来如此鲜明的视觉冲击力。一切都安排得巧夺天工，恰到好处。"

林格当然是独具一格：古朴的屋舍掩映于山脊之间，处处流露出与久远的过去交流过的细微痕迹。它不大，却有独到之处，这一点对于波耶尼夫妇来说，更充满着强烈的魅力——千百年来的生活在此沉淀着诱惑。这种生活可能并不井井有条，然而，长期以来，它一直无声无息地融入过去，就像秋天的蒙蒙细雨，一天又一天静寂地飘洒，最终都汇入紫杉林间的鱼塘。那些因受阻而倒流回来的积水，有时则笨拙地流淌着，显得忧郁而陌生，玛丽不免从中感受到那种追忆往事的内心冲动。

在这个特别的下午,这种感觉发展到了极致。她坐在书房里等候仆人掌灯,从椅子上站起来,走到壁炉投下的重重阴影之中。一吃完午饭她丈夫就出去了,他常在英格兰的高地间悠然自得地散步。她发现,近来他宁愿一个人散步。他俩之间久经考验的夫妻关系使她得出这样一个结论:他一心扑在那本书上,需要下午独处一段时间来思考上午没有弄明白的问题。显然,这本书进展得远没有她想象的那么顺利。她从丈夫的双眸里可以看出他的困扰,这是他以前当工程师时从未有过的。他看上去十分疲倦,好像徘徊在病魔的阴影里。绝对不是写书的忧虑,写书这件事从未让他皱过眉头。迄今为止,从念给她听的几页书稿来看,包括引言及第一章的摘要,他对这门学科掌握得非常牢固,对自己也充满信心。

玛丽陷入深深的困惑之中。既然内德已经从他的生意及与之有关的繁杂事件中脱身而出,那么就是别的东西让他如此忧虑。难道是他的健康?然而,自从搬到多塞特郡之后,他的精力比以前充沛多了,面色光亮红润,双目更加炯炯有神。只是在上个星期,她才感觉到,他身上确实发生着某种难以名状的变化。丈夫出去后,这种变化让她惴惴不安,但当他回到她身边时,她又觉得无话可说,看起来倒像自己有什么秘密瞒着他一样。

想到他俩之间存在着秘密,玛丽不禁感到惊讶。她的目光打量着这个长长的房间。

"难道是这座房子?"她思量着。

这个房间本身可能就充满着秘密。这些秘密似乎已将自己埋没起来。夜幕降临时,秘密就像一层层天鹅绒织成的阴影一般,从低矮的天花板上,从一排排书籍里,从壁炉蒙着尘雾的雕刻物上,徐徐降落。

"嗯,当然,这处宅子一定有鬼魂出没!"她沉思着。

搬到林格的头两个月里,阿丽达所说的那个无法感知的鬼一直是他们彼此间开玩笑的主题。渐渐地,他们不再提及此事,因为老想这样的事情确实也没有多大意思。事实上,自从玛丽租下这栋有鬼魂出没的房子后,她就经常向邻居们打听这件事情。村民们对此要么不置可否,要么就说:"他们都这样说,夫人。"那个隐藏着的鬼魂显然查无出处,因而就没有传奇故事使它的形象明晰起来。没过多久,波耶尼夫妇就把这件事记在他们的日记里。他们一致同意,尽管没有超自然这一吸引力,林格仍然是为数不多的、让人感觉不错的宅第之一。

"可怜的不显灵的鬼,我想,这就是它总在夜空中徒劳地拍动美丽翅膀的缘故。"玛丽笑着总结道。

"可不是,"内德用同样的口吻回答道,"都说有鬼,可它从来没有跳出来证明一下自己。"自此以后,他俩便再也没有提起过这位挂在嘴边上的隐身房客。

现在,玛丽就站在壁炉前,那种掩饰已久的好奇心又开始在心中萌动。在这种好奇里,她已夹杂了对鬼确实存在的感觉——这种感觉是通过与潜伏着的神秘事物日日接触而获得的。肯定是这幢房子本身,拥有看见鬼魂的能力,它一直在秘密地与它的过去交谈。人们只有尽可能地接近房子,与它沟通,才有可能知晓它的秘密,从而获得看见鬼的法力。也许因为内德天天在这个房间里待着,而她只在下午才进入这个房间,他已经获得了这种能力,并且默默地承受着这间房子对他揭示的一切。玛丽非常清楚鬼魂世界的规则。她知道,不能随便对别人谈论你所见到的鬼,这样做如同在众人聚会里冲一个女士直呼其名一样,有煞风景。不过,这种解释并不能使玛丽真正感到满意。她想:"这些不过是出于好玩而吓吓人罢了,难道内德真的在意这栋房子的鬼吗?"她再次陷入一个两难境地:对鬼魂敏感与否事实上与鬼魂本身并没有关系,这是因为,当你真的在林格看见鬼,你不会知道那就是鬼。

阿丽达曾说过:"很久以后才会知道。"假设他们第一次来时,内德见到鬼了,就真的要到这星期才能感觉到吗?此时此刻,她彻底陷入回忆之中,回忆着他们刚刚租下这栋房子的日子。她只想到一片杂乱:拆包裹、布置房间、安排书籍,然后,他们从房子各个僻静的角落呼喊着对方的名字,让对方与自己一起分享房子的美妙,好像房子本身在向他们展示一件又一件奇珍异宝似的。就在这时,玛丽突然回忆起来,在十月一个阳光温暖的下午,也就是在经历第一次欣喜若狂的探险之后,他们开始仔细地观察整栋老房子。她像小说中的女主人公一样,搬动墙上的嵌板,登上螺旋似的楼梯,来到屋顶处一块向外突出的平台之上。一眼望上去,屋顶似乎朝四面呈坡状倾斜下来,坡度非常陡,不熟练的人根本无法攀登上去。

从这半遮半掩的一隅朝下看去,景色十分迷人。她忙跑下楼,将内德从书稿中拖拉出来,让他也来分享她的新发现。她清楚地记得当时的情形。他站在她的身边,用一只胳膊搂住她。他们的目光一起飞向远处英格兰高地绵延不断的地平线,兴致勃勃地将视野转移到鱼塘四周,转移到紫杉树篱隔成的精美图案及草坪上雪松投下的影子。

"喏,看这边。"内德说着将她从怀里转过来。她紧紧地依偎着内德,像饥渴极了的人看到一杯鲜美的饮料一样,心满意足、心驰神往地望着灰墙围起来的庭院、门口蹲着的石狮及那条通向高地公路的石灰路。

就在此时,她感到内德松开胳膊,同时听到一声尖锐的"喂!"她不由得转过身来看着内德。

是的,玛丽清楚地想起来了。回过头时,她看到内德的脸上清楚地写着忧虑与迷惑。顺着他的目光,她看到一个男人的身影。男人似乎穿着宽松的灰色衣服,正沿着那条石灰路朝庭院慢步走来,看上去十分犹豫，就像陌生人探路一样。她有些近视，只能模模糊糊地看到一片细长的浅灰色。从体型和衣着看，他似乎来自国外，至少不是本地人。她的丈夫显然比她看得清楚，因为他急匆匆地从她身边离开，只说了一声"等一会儿"，就冲下楼梯，甚至没有停下来等她，扶她下去。

她感到一阵眩晕。她抓住背后的烟囱站定一会儿，才开始小心翼翼地跟在他的后面向楼下走去。走到楼梯平台时，不知道为什么，她又停下来。她靠在楼梯扶手上，在一片静寂中眯起眼睛，看着被阳光照得斑驳陆离的房子。这时，她听到在房子某处传来关门的声音。她机械地沿着狭窄的楼梯往下走着，最后来到楼下的大厅里。

前门大开着，阳光斜照进来，但大厅和庭院空荡荡的，一个人影也没有。书房的门也开着，玛丽侧耳倾听，但没有听到任何人说话。最后她跨过门槛，走进书房，发现丈夫一个人在里面，茫然地翻动着桌上的稿纸。

他抬起头来，似乎对她的到来感到惊讶。玛丽看到，他脸上的忧虑已一扫而光，似乎非常愉快。

"刚才发生什么事啦？那个人是谁？"玛丽问道。

"谁？"内德重复一句，一脸受惊的样子。

"朝我们房子走过来的人。"

内德若无其事地说道："那个人？我以为是彼特斯呢。我从后面追上去,想跟他说一下马厩的排水问题。可我从楼上下来后,他却不见了。"

"不见了?我们看见他时,他似乎走得很慢。"

内德·波耶尼耸耸肩说:"我也这样认为。他一定在那一会儿走快了。太阳下山前我们去爬麦尔顿悬崖好吗?"

就这些。在那时,这件偶然发生的事并没有什么意义。事实上,麦尔顿悬崖上的壮丽景色很快就将这一切全部抹去。自第一次看到它裸露的山脊起,他俩就一直梦想着攀上它的巅峰。毫无疑问,那件事之所以被她淡忘,是因为它刚巧发生在他们登上麦尔顿悬崖的同一天。现在那件事又浮现出来。就事情本身来说,它实在没有奇特之处。内德从屋顶冲下去追赶一个做事拖沓的手艺人是再自然不过的事情。那段时间,他们总是留意整修房子的专业人员,一天到晚等候在家里,一见他们,或催促或责怪或询问或提醒,忙得不可开交。再说,那个灰色的身影的确很像彼特斯。

然而现在,玛丽再回想这些事情时,深刻地感到丈夫脸上的忧虑仅用他当时的解释是站不住脚的。彼特斯怎会令他如此忧虑不安呢?更重要的是,既然与彼特斯商谈马房的排水装置如此必要,没有追赶到彼特斯为何又使他如释重负呢?当时,玛丽一点也没有考虑过这些问题。然而现在,她就这么细细一想,所有这些疑问如潮水一齐涌入她的脑海之中,好像疑惑一直都在那儿,只是在等着合适的时间出现而已。

二

这些问题弄得玛丽不胜烦扰,她一步一步地踱到窗前。房间里已经非常昏暗,但她惊奇地看到窗外竟然还有微弱的亮光。

她的目光穿过庭院,凝视着远处。石灰小径的另一端出现一个人影。外面一片灰暗,他仅比那片灰色稍微黑一点。不一会儿,黑影朝她这边移动过来。她的心不禁怦怦直跳,大脑里立即冒出一个念头:"鬼!"

那一瞬间,她突然觉得那个人影就是自己两个月前在屋顶上看到的那个人。现在,他要展示自己的身份,证明自己不是彼特斯。越逼越近的恐惧使玛丽情绪紧张,然而那个身影突然间变得清晰、实在起来,即使她双眼近视,也能辨认出原来那是自己的丈夫。他进门时,她转身迎接他,觉得自己净想些傻事。

"简直荒诞得可爱,"玛丽大声笑道,"我总是记不住!"

"记不住什么?"走到一起时,内德问道。

"在林格看见鬼时,你永远不会知道那就是鬼。"

她的一只手拉着内德的衣袖,内德也让她这么拉着。在他忧心忡忡的脸上,玛丽这句话没有引出一点点反应。

"你真的以为自己见过鬼吗?"内德沉默了一会儿才问道。

"不知为什么,我竟然把你当作鬼了,亲爱的,那时我真的很想把鬼辨认出来。"

"我……刚才？"内德放下手臂，转过身背对着她，回应着她的笑声，"真的，亲爱的，你最好放弃它吧，这样比较好。"

"噢，好，我放弃它，你呢？"玛丽突然转过身，面对着内德。

女仆拿着信和灯笼进来。内德低头看着女仆送上来的托盘，一缕灯光照在他的脸上。

仆人送来灯后就出去了。玛丽恶作剧似的又问一声："你呢？"

"我怎么啦？"内德漫不经心地回答一句。翻动信件时，灯光将他眉宇间深深锁着的焦虑照得一清二楚。

"放弃见鬼的念头。"玛丽试着说出这些时，心里一阵紧张。

她的丈夫把信撇在一边，向壁炉边的阴影处走去。

"我从未想过要看见鬼。"内德边说边撕开一份报纸的包装纸。

"噢，当然，"玛丽说道，"最使人懊恼的事就是试也没用，因为你要等到很久很久以后才会明白过来。"

内德打开报纸，好像根本没有听到玛丽的话一样。过了一会儿，他把手里的报纸翻得哗哗作响，抬起头来问玛丽："你知道需要多久？"

玛丽弯下腰，在壁炉旁的一张矮椅上坐下来，打量着自己的丈夫。灯光下，丈夫映在墙上的身影让她吓了一跳。

"不知道。你放弃了吗？"玛丽反问一句，将她前面的问题又重复一遍。

内德·波耶尼将报纸揉成一团，然后又改变了主意，把它拿到灯下。

"噢，上帝！"内德不耐烦地叫道，"我只是想知道，是否有关于鬼魂的传说？"

"据我所知，完全不是这回事。"玛丽回答。她正要冲动地加上一句"你为什么要问这个"时，女仆端着茶杯和第二盏灯走了进来。

房间里明亮起来，玛丽做着家务，她心头闷了一个下午的压抑感似乎有所减轻。她聚精会神地投入了工作，抬起头时，她看到丈夫的脸上又发生了变化。这让她十分困惑。他坐在离她较远的那盏灯前，正在全神贯注地阅读来信。不知是因为信的内容，还是因为她自己的观察角度不对，她觉得丈夫的面部表情开始恢复到过去的状态。她越观察，越觉得他在发生变化，脸上的皱纹消失了，眉宇间的忧愁不见了，那种因长期脑力劳动而产生的倦意也一扫而光。内德似乎注意到她在观察他，便抬起头来，微笑着看着她的双眼。

"我口渴得不行。有你一封信。"他说。

玛丽端一杯茶给他，同时从他手里接过信。她回到椅子上，拆开信封，就像一个只关注于自己所喜爱人物的读者一样。

接下来，她不自觉地站起身来，递给她丈夫一张剪报，自己手里的那封信落到地上。

"内德！这是什么？它是什么意思？"

内德几乎在同一时间站了起来，仿佛她还没有叫出声，他就已经听到了似的。他们俩就像敌对着的双方，隔着她的椅子和他的桌子，互相凝视着，好寻找发问的有利时机。

"你说什么来着？着实把我吓了一跳！"内德·波耶尼说道。他一边朝玛丽走过去，一边发出半嗔半怒的笑声。惶恐的阴影再次爬上他的面孔，好像预感到什么似的，他的双唇及双眼间露出警觉的神色，这使玛丽觉得，他好像正被一种怪异的东西包围着。

玛丽的手颤抖得厉害，几乎不能把剪报递给内德。

"这篇……剪自《渥克沙卫士报》……一个名叫埃威尔的男子向法院控告你……'蓝星矿'有麻烦了。我连一半都看不懂。"

她说话时，他俩继续对视着。使她吃惊的是，她的话让内德那张因为警觉而紧绷着的面孔顿时放松下来。

"噢，那件事！"内德瞥一眼手上的铅印纸条，把它折叠起来，就像是处理一件无关紧要的事情，"今天下午你怎么了，玛丽？我想你肯定听到什么坏消息了吧？"

玛丽站在内德面前，听到他那令人放心的声音，心头那种难以描述的恐惧感慢慢地平息下来。

"那么你知道这件事。不要紧吧？"

"我当然知道,没事儿的。"

"但这是怎么回事?我想知道,那个男的控告你什么?"

"跟日程表上的案子差不多。"内德·波耶尼将剪报扔地上,一屁股坐在炉火旁的一张沙发上,"你想听这个故事吗?它不是特别有趣——只不过是关于蓝星矿利益的一场争吵罢了。"

"这个埃威尔是谁?我没听说过这个名字。"

"噢,是我指派的人——我帮过他一把。当时我把这些都告诉过你了。"

"我敢说,我一定是忘了。"玛丽尽力地在记忆中搜寻着,"如果你帮了他,他为什么又用这种方式报答你呢?"

"也许是哪个诡诈的律师找到他,劝诱他这样做的。这太专业、太复杂了。我想这种事会让你讨厌的。"

他的妻子感到一阵内疚。从理论上讲,玛丽不赞成美国的妻子们对丈夫职业上的利益不闻不问。但在实践上,她发现自己很难将注意力集中在内德·波耶尼所卷入的各种利害关系上。此外,在他俩离开家乡的这些年里,玛丽一直觉得,在社会里,这种通过像她丈夫那样辛勤劳动而换取的闲暇生活,是对眼前所面临繁杂事务的唯一解脱和回报,是朝向他们梦寐以求生活的自由飞翔和尽情享受。现在,当这种新的生活将他们团团围住时,她却反复地质问自己,她这样做对吗?

迄今为止,这种尝试仅仅只是一种通过积极的想象而做的一次回忆之旅而已。她第一次惊诧地发现,她对构筑这一幸福的物质基础竟如此不了解。

她看着丈夫,他脸上的镇定再次打消了她的顾虑,但她觉得她需要更多具体的理由,使自己那颗仍在悬着的心平安地放下来。

"你不为这次起诉担心吗?为什么你一直不对我讲?"

内德将她的两个问题一起回答了:"我没有对你讲,因为这件事的确曾经让我担心……甚至让我烦恼。但现在它已经成为陈年旧事,一切都已结束了,给你写信的人一定是从过期的《渥克沙卫士报》上剪下那则消息的。"

玛丽不禁感到一阵欣慰:"你是说已经结案?他输了这场官司吗?"

内德·波耶尼迟疑一下,回答道:"案子撤销了……就那样。"

玛丽坚持问着,就好像要从这个轻易就撤销了的控告中免除她自己的责任一样。"他撤诉是因为他感到自己没有获胜的可能性?"

"嗯,他不可能获胜。"内德回答。

玛丽仍然在与她内心深处的疑惑搏击着。

"案子撤销了多长时间?"

内德停顿了一下,仿佛又像以前那样不太确定。"我刚刚知道这个消息,但我一直期待着它。"

"刚刚……从其中一封信中知道的?"

"是的,从其中一封信中得知的。"

玛丽没有回答。过了一会儿,她意识到内德已起身穿过房间,在她身边的沙发上坐下了。她抚摸着他,他也抚摸着她。内德伸出一只手臂搂住她。玛丽被内德脸上笑窝内的暖意所吸引,慢慢地转过身来,迎住他微笑的双眼。

"没事了……没事了吗?"玛丽问道,心中的重重忧虑如冰雪一样全部融化。"我向你保证,再没有比现在更太平的时候了!"内德微笑着,把她搂得紧紧的。

三

后来,玛丽回忆起,在第二天所发生的所有奇怪事情中,最奇怪的一件就是她突然重新获得了安全感。

当她从低矮、昏暗的房间里醒来时,那份安全感就弥漫在空气中。然后,安全感伴随着她下楼,伴随着她来到餐桌旁,在火光里对她闪耀,在佐治亚式茶壶里成倍地增长。前几天弥漫在她全身的恐惧感、对报纸上那篇文章的高度紧张感、对未来隐约的质疑及对过去的回顾,都通过某种峰回路转的方式得到了清偿,好像困扰在他俩心头上的道义欠账一下子都偿清了。假如她过去真的一直对她丈夫生意上的事毫不关心，那么，她的这种新思想似乎表明，那是因为她非常信赖她的丈夫。他有权利获得她的信赖，这一点在他俩面临威胁与怀疑的关键时刻已得到了证实。自从盘问过丈夫以后，她发现内德比以前更加无忧无虑，更加自然轻松，就像他已经意识到妻子在怀疑，因而想让她最大限度消除这些怀疑。

谢天谢地，一切担忧都云消雾散。她就到花园里去走走，惊讶地发现，外面强烈的光线就好像夏天来临似的。内德留在书房里，自己尽情地享受着这一切。经过书房门口时，她又朝内德看一眼，见他面容平静，低着头，口里叼着烟管，正在伏案工作。她也有好多事情要在早晨完成。在这诱人的冬日里，她的工作就是在自己领地上的各个角落里快乐地闲逛，仿佛春天已经来到。她想，仍然存在着许多可能性和机会，既让这个古老的地方显示出它潜在的魅力，又无须对它做哪怕是一点点不礼貌的改变。冬天太短暂，无法计划春天和秋天该干什么。在这个特别的早晨，她恢复如初的安全感使她在这个可爱的、静谧的地方巡游时，拥有一份难得的热情。她首先来到菜园，棚架上的梨树在墙上勾画出种种不可思议的图案。鸽子仍被关在银色石板屋顶的笼子里，不停地拍打着翅膀，用嘴梳理着羽毛。暖房里的水管出故障了，她在等待一位来自多切斯特的权威专家，他准备乘火车来，检查过锅炉后，再乘火车回去。她来到温室，在潮热的空气中闻着扑鼻而来的香味,看着那些宛如打上蜡一般的奇花异草,林格的一草一木都值得一看。她知道那位专家还没有来。这样的天气太可贵了,浪费在人工制造的暖意里实在不值得,因此她又走出温室,沿着滚木球场上富有弹性的草皮向屋后的园子走去。园子的另一端有一个长满不知名草的草坪。从鱼塘和紫杉树篱处放眼望去,她可以看到一长排屋子、弯弯曲曲的烟囱群和蓝色屋顶的四角都笼罩在一层淡白色的水汽中。

她的目光穿过园子,从一扇扇开着的窗户和正在冒烟的烟囱望过去。人气使这里充满生机,她的心情也像那堵阳光照耀的墙壁般慢慢高涨起来。她从未觉得林格竟有这样亲切。她深信,它所有的秘密都是善意的,都应该保留着,就像人们常对孩子们说的那样,"与人为善"。这种信任将她和她丈夫的生活也凝聚起来,使他俩的生活与沐浴着阳光的林格,达到了前所未有的和谐。

她听到身后传来脚步声,便转过身去,期待看到那位从多切斯特来的权威专家在园艺师的陪同下一起出现。但她只看到一个身影,他看上去相当年轻,身材瘦长。她觉得这个人远远不像自己想象中的锅炉专家。这个走来的人看见玛丽后,抬抬帽子,带着一种绅士风度在她面前站住。也许,他是个旅行者,只是想告诉她,他无意之中闯到这里来了。林格有时也吸引一些情趣优雅的旅游者前来参观。玛丽很想看到这个陌生人将相机藏在什么地方,或拿出相机以表明自己是旅游者的身份,但他没有这么做。出于礼貌,玛丽略带踌躇地问:"您想找什么人吗?"

"我来找内德·波耶尼先生。"那人回答。他的语调而不是口音,听着有点像是美国人。玛丽仔细地端详他一番,那质感柔软的帽檐在他脸上投下一块阴影,他的脸模糊不清。玛丽近视的双眼看到他表情严肃,像是来谈生意的,彬彬有礼,而又分毫必争。

过去的经验使玛丽对这种求见极其敏感。她十分珍惜丈夫的早晨时光,并且相信,丈夫是不会乐意有人来侵占这段时光的。

"你和我丈夫预约过吗?"她问。

来访者犹豫一下,仿佛对这个问题没有丝毫思想准备。

"我想他希望见到我。"那人回答。

这次轮到玛丽犹豫了。"你知道,这是他的工作时间。他从来不在早上会见客人。"

那人看了玛丽一眼,没有回答。接着,他好像决心接受她的决定,转身要走。他转过身时,玛丽看见他停下来,抬眼望着这栋宁静的房子。他显得十分疲倦和失望,就像一个长途奔波,又受到时刻表制约的旅客。玛丽觉得自己的拒绝也许会让他一无所获地空跑一趟,便觉得十分内疚,在他身后追问一句:"我可以问一下,你是从远方来的吗?"

那人严肃地望了玛丽一眼,说:"是的……我从很远的地方来。"

"那么，假如你进去，我丈夫肯定会见你。你可以在书房里找到他。"

她也不知道为什么会加上后面那句话，也许是弥补在这之前所表现出的冷漠吧。

来访者似乎要向她表示感谢。正在这时，她注意到园艺家和另外一个人正在向她走来。她一眼就看出那人是来自多切斯特的专家。

"朝这边走！"玛丽边说边冲他们两个挥手。一会儿之后，她就忘记刚才那个来访者了，注意力完全集中在与锅炉专家的会面当中。

会面的结果是，锅炉工程师决定不再去赶当天的火车，玛丽也不得不将整个上午的剩余时间全部泡在与他们之间展开的会谈之中。谈话结束时，玛丽惊奇地发现，已经快到吃午饭时间了。她急忙朝屋子里走去，心里隐隐地期待着丈夫会走出来迎接她。但她看见庭院里只有一个园艺工人，此外别无他人。她来到大厅，发现同样安静，于是她想，内德·波耶尼肯定仍在工作。

玛丽不想去打扰内德，便转身走进画室。她坐在写字台前，认真细致地重新计算起上午会谈中工程师所提出的费用。此时，她之所以容许自己干这种傻事，是因为她对计算仍然具有新鲜感。与前些天笼罩在她心头的那种模模糊糊的恐惧感相比，这样做似乎表明她重新找回了那种安全感，就像内德所说，总的来说，再没有比现在更"太平"的时候了。

正当玛丽尽情地玩数字游戏时,女仆站在门槛处问是否上午餐。这是他们中间的一个笑话:翠姆丽每次宣布午餐时间时,那模样总是像在泄露一项国家机密。玛丽正专心致志地埋首于那些计算费用的纸张中,便漫不经心地咕哝一句,表示同意。

玛丽见翠姆丽犹豫不决地站在门槛上,仿佛责怪她的回答不加考虑似的。接着,走廊里响起她往回走的脚步声。玛丽推开面前的草稿,穿过大厅向书房走去。房门依然关着,玛丽踌躇了,她不喜欢干扰丈夫,然而又担心他劳累过度。她站在那儿,努力使内心的冲动平静下来。这时,翠姆丽过来喊她吃午饭,玛丽迫不得已推开书房的门。

内德·波耶尼不在桌旁。玛丽环视四周,希望能在书架间找到他。然而没有人回答她的喊声。玛丽明白内德不在。

她转过身,面对着女仆。

"内德·波耶尼先生一定在楼上。告诉他午饭准备好了。"

翠姆丽显得踌躇不定。显然,她觉得应该服从这个命令,但又觉得服从这个命令是愚蠢的。经过一番思虑,她终于开口说道:"夫人,内德·波耶尼先生不在楼上。"

"不在他的房间里?你敢肯定?"

"我敢肯定,夫人。"

玛丽看看时钟说:"那么,他在哪儿?"

"他出去了。"翠姆丽说道，语气中透露着一种优越感，就像她专门等着一个办事井井有条的人会提出的第一个问题一样。

玛丽推测，内德一定是去花园的路上接她了。如果他们互相错过，他肯定会选择走南门，而不会绕道走庭院。玛丽穿过大厅，来到一扇打开的法国式落地窗前，它面对着紫杉林。女仆又思考了好一阵子，这才说道："夫人，内德·波耶尼先生没有走那条路。"

玛丽转过身来："他究竟去哪儿了？什么时候去的？"

"他出正门，沿着马路走了，夫人。"翠姆丽从不同时回答两个以上的问题，这对她来说是一个原则问题。

"沿着马路？在这个时候？"玛丽走到大门口，透过庭院向毫无遮拦的石灰马路望去。远处空荡荡的，和她进来时看到的一模一样。

"内德·波耶尼先生没有留下什么口信？"

翠姆丽的思维一片混乱，最后，她放弃了挣扎。

"是的，夫人。他刚才与一位先生出去了。"

"一位先生？哪个先生？"玛丽转过身体，似乎要面对这个新问题。

"来访的那位先生，夫人。"翠姆丽顺从地回答。

"什么时候来访的？说清楚，翠姆丽！"

玛丽已经饿了，另外，她还想向丈夫咨询一下关于温室的问题，所以才向仆人发出这道非同一般的指令。她可以平静地感觉到，翠姆丽的眼神里开始出现反抗的神色,当一个唯命是从的仆人给逼得太无奈时往往会表现出这种眼神。

"我也说不准,夫人,因为不是我让那位先生进来的。"翠姆丽回答,谨慎地回避着女主人说话时的不合常理之处。

"不是你让他进来的?"

"不是,夫人。门铃响时,我正在穿衣服,阿格妮丝……"

"那就去问阿格妮丝。"玛丽说。

翠姆丽依然显示出一种不厌其烦的神情。"阿格妮丝不会知道的,夫人,因为她在修剪从镇上买来的那盏新灯的灯芯时不慎烫伤了手,"——玛丽早就知道,翠姆丽对那盏新灯一直没有好感——"因此,多克特夫人就派来了帮厨女佣。"

玛丽又看看时钟说:"两点都过了!问问帮厨女佣,内德·波耶尼先生是否留下口信?"

玛丽等也没等,就自己去吃午饭了。一会儿,翠姆丽给她带来帮厨女佣的回话,说那位先生十一点钟来访,内德·波耶尼先生没有留下任何口信就和他一起出去了。帮厨女佣也不知道来访者的名字,因为他把名字写在一张纸条上,折叠起来后才交给她,并且命令她马上把纸条给内德·波耶尼先生送去。

玛丽边吃午饭边胡乱猜想。吃完后,翠姆丽把咖啡端到画室,这时，玛丽的猜测渐渐变成一种淡淡的忧虑。内德这个时候不可能出门，更不可能出门时什么也不交代。他如此听命于那位先生的召唤，而那位先生的身份又如此难以确定，这使得内德的失踪变得更加难以理解。作为一个繁忙工程师的妻子，玛丽在生活中常常会碰上一些突如其来的造访者，她也因此而被迫过着一种没有规律的生活。这种经历已经把她训练得对任何意外之事都能顺其自然。但自从内德从生意上收手后，他就选择了这种修士般有规律的生活。在过去的岁月里，他们总是站着吃午饭，晚饭也是在一路颠簸着的餐车上完成的。仿佛是弥补过去那种四处漂泊、动荡不安的日子，内德最终养成一种准时和安于单调生活的优雅品位。他甚至经常打消妻子对出现意外的期望。他宣称，对于一个有优雅品位的人来说，日复一日、永不改变的生活和工作习惯里蕴含着无穷无尽的乐趣。

没有一种生活能够完全防范不可预见之事的发生。显然，内德·波耶尼的所有预防措施或迟或早地都将毫无价值。玛丽推断，他一定想通过陪来访者去车站或至少陪他走一段路来结束这次令人厌烦的拜访。

这个结论使玛丽心里感到一阵轻松，也使她没有必要再进一步沉思下去。她走出屋子，去和那位园艺家谈话。后来，她又步行到大约一英里之外的邮局。当她朝家走时，夜幕已经悄悄降临。

她走在一条横穿高地的小路上。也许与此同时，内德·波耶尼正从火车站沿着公路往回走，因此他们相遇的可能性不大。然而，她还是确信，内德已经先她回到了屋子里。这种肯定使她一跨进大门就直奔书房，甚至没有停下来问一下翠姆丽，但书房里空无一人。凭着敏锐的观察力和记忆力，她注意到，丈夫桌上的稿纸还像喊他吃午饭时那样，原封不动地摊放在那里。

刹那间，玛丽的心被一种模糊的、未知的惶恐牢牢地抓住。她一踏进房间就关上身后的房门，独自站在长长的寂静的房子里。她的恐惧似乎正在渐渐成形，开始具备声音，在阴影中潜伏着，喘着气。她眯起近视眼观望着它，似乎想要辨别它就在那里，一种真实而冷酷的东西，高高在上地注视着她，对她了如指掌。这种不可捉摸的东西一步一步地逼近她，逼得她无路可退。她扑向铃绳，骤然拉响。

翠姆丽听到这声紧急的召唤，慌慌张张提着灯赶来。看到平时清醒安静的生活惯例再次出现在眼前，玛丽不禁深吸一口气。

"假若内德·波耶尼先生在家，你可以把茶送来。"玛丽说，似乎在为自己的拉铃找理由。

"好的，夫人，但波耶尼先生不在家。"翠姆丽边说边把灯放下。

"不在家？你是说他回来后又出去了？"

"不是，夫人。他根本就没有回来过。"

恐惧感再一次在玛丽的心里蠢蠢欲动。她知道她被恐惧牢牢地控制住了。

"和……那位先生出去后一直没有回来？"

"和那位先生出去后一直没有回来。"

"可那位先生是谁？"玛丽继续问，语调尖利刺耳，就像一个人试图让对方在一片混乱的嘈杂声中听见自己说话一样。

"我不知道，夫人。"翠姆丽站在那盏灯旁说。她的脸突然变得不如以前那般丰满和红润了，好像也被同样的恐惧吓得黯然失色似的。

"帮厨女佣肯定知道……不是她让他进来的吗？"

"她也不知道，夫人，因为来访者把他的名字写在一张折叠起来的纸上。"

在焦虑不安中，玛丽意识到，他们在指称那个身份不明的来访者时用的都是含糊不清的语词，而不是沿用那种传统的套语。直到现在，他们在指称那个人的时候依然说法一致。正在这时，她想起那张折叠起来的纸条。

"他一定有个名字！纸条在哪儿？"

玛丽走到桌边，开始在桌上那堆零乱的文稿里翻找起来。首先映入眼帘的是她丈夫亲笔写的一封未完成的信。他的笔横搁在信纸上，好像是因为什么急事而突然搁笔的。

"我亲爱的帕维斯，"——谁是帕维斯？——"我刚刚收到你那封宣布埃威尔死讯的信。我想不会再有麻烦和风险了,也许会更安全……"

玛丽将这页信纸扔到一边,继续寻找着。在那些因情急慌乱而被扫成一堆的书信与手稿中,玛丽没有找到任何折叠的纸条。

"帮厨女佣看见过他。去把她叫来。"玛丽命令着,为自己笨得连这么简单的办法都想不到而懊恼不已。

翠姆丽巴不得逃离这个是非之地,听到这句话,身影一闪就不见了。当她领着那个惴惴不安的帮厨女佣再次出现时,玛丽已经恢复了冷静,要问的问题也想好了。

那位先生肯定是个陌生人——这个她知道。但他说过些什么呢?还有,首先,他长得什么模样?第一个问题很容易回答。由于来访者过于匆忙,就没怎么说话,只说要见内德·波耶尼先生,然后就在一张小纸上草草地写些什么,要求她马上把纸条给内德·波耶尼先生送去。

"所以你不知道他写了些什么?你也不能肯定他写的就是自己的名字?"

帮厨女佣不能肯定,但她猜,应该是他的名字,因为来访者是在她问"如何通报"这一问题之后才写那张纸条的。

"你把纸条给内德先生送去时,他说了些什么?"

帮厨女佣觉得内德先生什么也没说,不过她也不敢肯定,因为当她把纸条递给内德先生而他正要打开时,她就意识到那位来访者紧跟着她就走进了书房，于是她赶紧溜了出来，让两位先生单独在一起。

"如果你把他们留在书房里，你如何知道他们走出房子了呢？"

这位可怜的目击者被这个问题弄得结结巴巴，语无伦次。翠姆丽得体而又转弯抹角地给她解围。从帮厨女佣那里，她诱导出这样一段话：在她穿过大厅向后面的通道走去时，她听见两位先生就在她后面，然后她看见他们一起从前门出去。

"那个陌生先生你看到过两次，一定能告诉我他长得什么样子？"

显然，最后一问使帮厨女佣的表达能力达到了极致。走到前门去"引进"一位来访者本身，就不是她平常该做的事情，因为这将使她的表达能力陷于一种莫名其妙的混乱之中。在拼命回忆一番之后，她只能结结巴巴地说："他的帽子，嗯，有点不同，你也许会说……"

"不同？怎么个不同法？"玛丽迅速地接口问道。与此同时，她立刻就想到上午见到过的那个形象，只是给后面纷至沓来的其他印象覆盖了。

"你是说，他的帽檐很宽，脸色苍白……看起来非常年轻？"玛丽循循善诱地提醒着帮厨女佣，看得出她已紧张得嘴唇发白。然而，此时此刻，即使帮厨女佣能够对此做出满意的回答，这个问题也会被玛丽滚滚而至的思潮冲到一边。那个陌生人——花园中的陌生人！为什么玛丽自己压根儿就没有想到过是他？她不需要再问了，显然，正是他来拜访她的丈夫并和他一起出去的。然而，他是谁？为什么内德会如此听从他的吩咐?

四

波耶尼夫妇经常用"这是一个绝不可能走丢的地方"来形容英格兰是如此之小。现在这句话突然从玛丽的脑海中蹦了出来,就像黑暗中某个人突然咧嘴一笑一样。

"一个绝不可能走丢的地方!"这句话一直是她丈夫的口头禅。然而事实是,整个官方调查机构带着探照灯从英格兰的东海岸照到西海岸,甚至把海峡也照了一遍。内德·波耶尼的名字赫然醒目地贴在每一个乡村和小镇的墙壁上,他的照片像一个通缉犯的肖像那样被散发到这个国家的上上下下,这使玛丽多么难过!如今,这个人口并不密集的小岛,这个治安如此严厉、调查如此严密、管理如此严格的国家,竟然像那条深不可测的谜语的守护者斯芬克斯一样,盯着他妻子那双充满忧虑的双眼,嘴角似乎带着全天下只有它才知道的、兴味索然的表情!

内德·波耶尼失踪两周后,人们没有听到关于他的任何音讯,也没有得到他活动的任何线索,甚至连那种可以令饱受失踪折磨的亲人产生希望的误导性报道也很少出现,即使有,也稍纵即逝。除去那个帮厨女佣外,再没有人看到内德离开过这栋房子,也没有任何人看见那位与内德一起出去的"先生"。在林格这一地区所进行的所有调查显示，没有一个人曾想起或目击那天有陌生人来过这里，或来过邻近的村子，或走过那条穿越高地的公路，或由当地人陪着。那个阳光明媚的中午完全将这位"先生"吞噬了，似乎他已掉入一个销声匿迹的黑夜之中。

在官方调查机构展开全方位调查时，玛丽将她丈夫的书信也反复地搜寻了几遍，期待能发现一点她所不知道的纠葛、牵连或债务上的蛛丝马迹，从而给漆黑一团的调查工作带来一线光明。然而，即使在内德·波耶尼的生活中曾经有过这样的纠葛与债务，它们也都像那位来访者用来写名字的纸条一样消失了。没有找到任何具有指导意义的线索，除了——如果它确是个例外——那封在内德受到神秘召唤时他显然仍在写的信件。玛丽把那封信读了一遍又一遍，并把它呈送到警察手中。但信的内容实在太少，根本无法据此进行推测。

"我刚刚收到你那封宣布埃威尔死讯的信。我想不会再有麻烦和风险了，也许会更安全……"就这些。那句"麻烦和风险"很容易用那份剪报进行解释，玛丽早已从那份剪报中获知丈夫在蓝星企业的一位同事起诉了他。这封信传达出的唯一一条新的信息就是：尽管内德·波耶尼告诉她案子已经撤了，尽管这封信本身证明原告已经死了，但当他写这封信时，他还是在为那场诉讼的结果担忧。警察们打了几天电报才查出那一小段文字所要寄给的那个"帕维斯"的身份。然而，调查结果除了证明他是渥克沙的一个律师外，没有发现任何新的关于埃威尔案件的线索。帕维斯似乎与这个案子没有直接关系，但他熟悉这个案子。看来，他的身份更像是一个熟人，也可能是个调解者。帕维斯声称，他也猜不透为什么内德·波耶尼会打算寻求他的帮助。

这条无济于事的信息，也是半个月来各方搜索的唯一成果。在接下来的几个星期里，整个调查没有取得一点点进展。玛丽知道他们一直在进行调查，但她已朦胧地感到，调查开始松懈下来，就像时间老人放慢了脚步一样。仿佛人们在笼着面纱的某个神秘日子里，受到短暂的惊吓，随着时间的推移，他们又获得信心，平静下来，直到又恢复至原先的生活节奏。人们对秘密事件的想象力也是如此运转，毫无疑问，失踪事件仍占据在人们的心头，但随着时间一小时一小时地过去，一周一周地流逝，它不再像以前那样震撼，不再占有人们更多的空间。案件渐渐不可避免地被人们日常生活里汩汩冒出的新问题挤出关注的前沿。

甚至连玛丽·波耶尼也逐渐感到自己的关注在减慢速度，人们的关注度虽然随着不断地猜想振荡而摇摆，但确实已慢了下来。就像喝过毒药的人一样，他们的大脑依然清楚，但身体已不能动弹。玛丽发现，自己在毫无察觉中已习惯了恐惧，已经将恐惧的永久存在当作一种固定的生活状态不得不接受。

这样的时刻逐渐拉长为几个小时和几天，直到她不再激动，进入一种默认状态。她冷漠地注视着日常生活中的例行公事，就像一个野蛮人一样，看着那些毫无意义的文明进程在自己身上几乎没有留下任何痕迹。她开始认为，她自己是这种常规进程中的一部分，就像轮子的辐条，随着轮子的运转而运转。她感觉自己是一种了无生气的物体，就像她所处的这间房子里的家具一样，和椅子、桌子一起蒙上灰尘，被推来攘去，并在朋友们的恳求和医生"换个环境"的劝告面前无所事事。她已被这种日趋加深的麻木心态牢牢地控制在林格这个地方，她的朋友们猜想，她拒绝搬家是被一种信念所鼓舞，也就是说，她期待在将来的某一天，她的丈夫会重新回到这个他曾经离开过的地方。这种想象中的等待状态能产生一段美丽的传说，但事实上，玛丽并没有这样的信念。极度的痛苦和困惑紧紧地包围着她，她看不到哪怕是一丝一毫的希望之光。她确信内德·波耶尼不会再回来了，他从她的视野里完全消失了，仿佛那天上门拜访的是死神而不是一个陌生先生似的。她甚至不再理会报纸、警署就内德·波耶尼失踪一案所提出的种种猜测，她自己也不再为他的失踪而烦躁不安。在对生活的极度厌烦中，她的思想开始从轮番冲击的各种恐惧中挣脱出来，无可奈何地接受了这样一个明白无误、简单的事实：他不见了。

玛丽将永远也不会知道内德究竟发生了什么事——也没有人知道。但这幢房子知道，她度过孤寂的漫漫长夜的书房也知道，因为故事的最后一幕是在这里上演的。就是在这里，那个陌生人走了进来，说了一句话，使得内德站起身，跟着他走了出去。她踏着的地板曾经感受到他的脚步，书架上的书曾经目睹过他的面容。有些时刻，这些古老昏暗的墙壁似乎想打破沉默，想以一种人们可以听见的声音揭示内德与来访者之间的秘密，但这种揭示一直没有发生，她也知道永远不会发生。林格不是那种絮叨的古老房子，它不会去向人们泄露委托它保管的所有秘密。关于这栋房子的传说只能证明，它一直是那些神秘事件的哑巴同谋和忠实看守人。玛丽·波耶尼坐在那儿，与沉默的墙壁面对面地互相凝视着。她觉得，任何试图打破这种缄默的人类手段都是徒劳。

五

"我不能说它不正确，也不能说它正确，这是生意。"

听到这句话，玛丽惊讶地抬起头来，全神贯注地看着说话的人。

就在半小时前，玛丽收到一张印有"帕维斯先生"的名片。一看到这个名字，她马上意识到，自从她在内德未写完的信件开头读到这个名字后，"帕维斯"就在自己的意识里生了根、落了脚。在书房里，她看到一位矮小的、脸色蜡黄的人在等她。他秃着头，戴着一副金边眼镜。知道丈夫要将自己最后的想法向其吐露的就是这个人时，她浑身上下不由自主地颤抖起来。

帕维斯的态度谦恭有礼，但他没有进行任何无用的客套寒暄——就像一个时刻将手表握在手中的人一样——他立刻说明自己来访的目的。他因生意上的事"路过"英格兰，发现自己已经在多切斯特地区，就感到他不能不拜访一下波耶尼夫人。假如有机会，他还想问一下，她对罗伯特·埃威尔的家属能做点什么。

这些话触动了玛丽心灵深处的恐惧根源。这位拜访者是否真的知道内德·波耶尼在那封未写完的信里想对他说些什么呢？她恳求帕维斯解释一下他提出的这个问题。与此同时，玛丽注意到，帕维斯似乎对自己在这个问题上始终表现出一种毫不知情的态度感到吃惊，难道她对这件事情的了解真的就如她所说的那么少吗？

"我什么都不知道……你必须告诉我。"玛丽结结巴巴地说。于是，她的拜访者开始向她披露整个蓝星矿事情的始末。玛丽曾对这件事进行过各种不尽如人意的想象，也被各种各样的猜测搞得疲惫不堪。当听完这起她一直不明真相的蓝星矿事件之后，她简直觉得骇人听闻，怒火中烧。原来，她丈夫是以牺牲那些头脑没有他机灵的人的利益为代价，"走在他们的前面"，抓住机会，靠技术高超的投机取巧赚下一笔大钱的。丈夫聪明才智的受害者是年轻的罗伯特·埃威尔,他把自己"全部押在"蓝星矿计划上了。

玛丽开始哭泣。帕维斯从他那两片公正无私的镜片里向她投去冷漠的一瞥。

"罗伯特·埃威尔不是很聪明的人,这就是根本原因。假如他聪明一点,是可以掉过头来,以同样的手段对付内德·波耶尼。这是生意场上每天都发生的事情,我想,这就是科学家们所说的'物竞天择,适者生存'吧……你明白了吗?"帕维斯先生说。显然,他对自己能思路敏捷地想到这个类比感到满意。

玛丽在提出下一个问题时,觉得自己浑身不自觉地打一个冷战,仿佛到她嘴边的话有一股让自己恶心的味道。

"刚才……你控诉我丈夫做过一些不光彩的事?"

帕维斯先生将这个问题不偏不倚地纠正一下:"噢,我不是那个意思,我甚至没说过它不正确。"说到这里,他把长长的一排排书架上上下下地打量一番,仿佛其中的某一本可以为他提供所寻求的解释似的。"我没说它不正确,也没说它正确。这是生意。"毕竟,在他的语言范畴里,没有别的解释能比这句话更全面更得体。

玛丽坐在那里,恐惧地盯着帕维斯。对于她来说,他像是某种邪恶势力派来的冷酷使者。

"埃威尔的律师们显然没有支持你这种看法，我想，起诉是在他们的建议下撤回的。"

"噢，是的，他们知道，如果严格地按照法律，埃威尔根本就站不住脚，所以他们建议埃威尔撤回起诉。他感到绝望，你知道，他投资到蓝星矿里的钱大部分是借来的，他已经走投无路了。当律师们告诉他没有任何机会获胜时，埃威尔只好开枪自杀。"

恐惧像大海的波涛一样震耳欲聋地席卷着无助的玛丽。

"他开枪自杀？因为这件事而开枪自杀？"

"是的，确切地说，他并没有成功，而是拖了两个月后才死。"帕维斯说出这句话时不带一点感情，就像一台机械地放着唱片的留声机。

"你是说他试图自杀，但失败了，接着又自杀一次？"

"噢，他没有必要再试了。"帕维斯冷冰冰地说。

他们面对面地坐着，谁也没有说话。帕维斯若有所思地用手摆弄着他的眼镜。玛丽一动不动，她的双臂沿着膝盖前后伸缩着，紧张得目瞪口呆。

"假如你知道这一切，"她终于开口说话了，但她无法把自己的声音再提高一些，"那么，我丈夫失踪后，我写信给你，你说你看不懂，这怎么解释呢？"

帕维斯听到这个问题后，丝毫没有表现出难堪的神色。他说："我是不懂——严格地说,假如我懂的话,那时也不是谈论这件事情的时机。案子撤诉后,埃威尔的事情也就解决了。不管我告诉你什么,都不会帮助你找回丈夫。"

玛丽继续审视着他:"为什么你现在又告诉我呢?"

帕维斯仍然毫不踌躇地说:"噢,首先,我认为你可能知道得更多——我是指关于埃威尔死亡的具体情况。现在人们都在谈论它,好像又旧事重提了。我想,假如你不了解你应该知道的事……"

玛丽依然沉默着。帕维斯接着说道:"你知道,埃威尔事件的糟糕状态一直到最近才披露出来。他的妻子是一个自尊心极强的女人。她拼命地撑着,到外面干活,还接针线活回家做。她病得非常厉害——心脏病,我想,她不得不照顾埃威尔的母亲和一群孩子。在这种重重压力下,她崩溃了,不得不乞求社会的帮助。这件事再次引起人们对这个蓝星矿案件的关注,报纸重新报道起这个案件,人们也开始向她捐赠财物。那里的每个人都喜欢罗伯特·埃威尔。许多在当地名声显赫的贵人名字都出现在捐助名单上,人们开始怀疑为什么……"

说到这里,帕维斯停下来,用手在衣服里面的口袋里摸索一阵。"这儿,"他接着说:"这是《渥克沙卫士报》对整个事情所进行的报道——当然有点骇人听闻,可我想,你最好还是看一下。"

他把报纸递给玛丽,玛丽慢慢地打开。她这样做时,突然记起,那天也是在这个房间里,她浏览着那份《渥克沙卫士报》的剪报,安全感第一次发生了强烈的动摇。

她打开报纸,双眼不由自主地匆匆避开那行触目惊心的标题:内德·波耶尼受害者的遗孀被迫寻求帮助。她顺着专栏文章细看插在文中的两张照片。第一幅是她丈夫的,是他俩刚来英格兰那一年照的,也是她最喜欢的一张,她把它放在楼上卧室里的写字台上。当她的眼睛与照片上的眼睛相遇时,她觉得无法去读关于内德的报道。玛丽闭上双眼,心里一阵钻心的疼痛。

"我想,如果你愿意把你的名字写上去……"她听到帕维斯继续道。

玛丽努力睁开双眼,目光落到另一张照片上。那是一张十分年轻、身材瘦削的男人照片。男人的脸被突出来的帽檐的影子遮住了,显得十分模糊。她以前在哪儿见过这个轮廓?她大惑不解地盯着那张照片,心怦怦地跳起来,接着她喊道:"就是那个人——那个来找我丈夫的人!"

她听到帕维斯惊叫起来,同时也朦朦胧胧地感到自己朝后滑倒在沙发的角落里。帕维斯弯腰惊慌地看着她。玛丽坐直身子,伸手去拾那张扔在地下的报纸。

"就是那个人!走到哪里我都认识他!"玛丽大声喊道,听起来像尖叫似的。

帕维斯的回答像是沿着延绵不断、烟雾笼罩的弯曲山路传来似的。

"波耶尼夫人,你好像生病了,要不要叫人来?要不要我去给你拿杯水来?"

"不……"她朝帕维斯这边扑过去,手里发疯似的抓住那张报纸,"我告诉你,就是这个人!我见过他!他在花园里跟我说过话!"

帕维斯从她手里拿过报纸,看着照片说:"不可能,波耶尼夫人,他是罗伯特·埃威尔!"

"罗伯特·埃威尔?"玛丽锐利的目光似乎穿透时空,"那么,就是罗伯特·埃威尔找过我丈夫!"

"来找内德·波耶尼?他从这儿离开的那一天?"帕维斯的声音渐渐低沉下来,而玛丽的声音却渐渐高涨上去,帕维斯弯下腰,像兄长似的把手放在她身上,似乎要把她慢慢哄回到座位上去,"埃威尔死了!你不记得了吗?"

玛丽坐在那儿,双眼直愣愣地盯着那张照片,根本就没有听见帕维斯说些什么。

"你不记得内德未完成的那封写给我的信吗?那封你在他书桌上找到的信?那是在他刚刚听到埃威尔死讯时写的。"玛丽注意到,帕维斯不带一丝感情色彩的声音古怪地颤抖了一下。"你肯定记得!"他劝导着。

是的,玛丽记得:这正是最令她感到恐怖的地方。埃威尔在丈夫失踪前一天死了。这就是埃威尔的照片,这就是那个与她在花园里说过话的人的照片。她抬起头来,缓缓地环视着书房。书房应该可以证明,这就是那天当内德正在写那封未写完的信时进来拜访他的那个人的照片。透过模糊不清而又纷至沓来的思索,她听到那句差不多就要被忘记的微弱而低沉的声音——那句阿丽达·斯泰尔在庞波尼的草坪上所说的话。那时,内德·波耶尼和妻子还没有看过林格,也没有想过有一天他俩会在这儿住下。

"这就是那个与我说过话的人。"玛丽又重复一遍。

她再次注视着帕维斯。他正在试图掩饰自己的紧张与慌乱,想装出一副万分宽容与同情的样子,但他的嘴唇已经发白。"他肯定认为我疯了,但我没有疯!"玛丽心想,突然间她的心头一亮,脑海中蹦出一个可以证明她那看似奇怪想法的念头。

玛丽平静地坐着,极力控制住颤抖的双唇,直到她对自己的声音有了足够的信心时,才直愣愣地盯住帕维斯问:"请问,你可以回答我一个问题吗?罗伯特·埃威尔是什么时候企图自杀的?"

"什么时候……什么时候?"帕维斯结结巴巴地说。

"是的,确切日期。请你回忆一下。"

她看到帕维斯越来越害怕她。"我是有理由才这样问。"玛丽坚持着。

"是的。只是我想不起来了,大约是两个月前,我敢说。"

"我需要确切的日期。"玛丽又说了一遍。

帕维斯拿起报纸说:"我们可以在这儿找。"他迁就着玛丽,顺着报纸朝下看,"这里,去年十月……"

玛丽接过他的话说:"20号,对吗?"

帕维斯目光敏锐地看她一眼,证实道:"是20号,你怎么知道的?"

"我现在才知道。"玛丽的目光继续越过帕维斯,盯在空中。"星期日,20号——那天他第一次来。"

帕维斯的声音小得几乎听不见:"第一次来这儿?"

"是的。"

"那么,你见过他两次?"

"是的,两次。"玛丽低声说,"他第一次来这里是10月20号。我记得那个日子,因为那天我们第一次登上了麦尔顿悬崖。"想到这里,她内心里觉得好笑。要不是爬山,她也许早已忘了那个日子。

帕维斯继续审视着她,试图拦截她的目光。

"我们在屋顶上看到他,"玛丽继续说,"他沿着石灰小径朝屋子走来。他穿着打扮和照片上的一模一样,是我丈夫看到他的。他十分害怕,在我前面冲了下去,但那儿没有人,他消失了。"

"埃威尔消失了?"帕维斯的声音在发抖。

"是的。"他们两人的低声细语听起来似乎在互相试探着对方,"那时,我不明白发生了什么事。现在我明白了,他那时试着要来,但还没有真正死去——他不能接近我们,他不得不再等两个月才死。于是他又回来了……于是内德跟着他走了。"

她向帕维斯点点头,像解出一道难题的孩子一样得意扬扬。然而突然间,她绝望地抬起双手,按在自己的太阳穴上。

"噢,上帝!是我让他去找内德的——我告诉他该去哪儿找他!是我让他到这个书房来的!"她尖叫着说。

她感觉到那满墙的书籍正如朝下倒塌的废墟一样向她猛扑过来。她听到帕维斯隔着很远很远的距离从废墟中向她叫喊着,挣扎着向她靠近,但她对帕维斯的触摸已经麻木了,她一点也不知道他在叫喊什么。透过喧哗,玛丽又听到一个清晰的声音,是阿丽达·斯泰尔在庞波尼的草地上说话的声音。

"直到后来你才知道,"她说,"很久很久以后。"

他仍活着

一

简·林克女士跟一般人不一样。她听说自己将继承美丽而古老的贝尔斯庄园,这座庄园六百年来一直为苏德尼的林克家族所拥有,强烈的好奇心驱使她必须亲眼看看这座房子,而且不向任何人打招呼。她住在肯特的一个朋友家里,因为那儿离贝尔斯很近。第二天一早,她借来一辆汽车悄悄地驶到苏德尼-布雷兹,一个与肯特毗邻的村庄,贝尔斯庄园的所在地。

这是个灿烂而安静的秋日。秋天尽情地将她的魅力布洒在苏塞克斯丘陵,布洒在浓密的森林,布洒在静静流淌的溪水。溪水涓涓潺潺,消失在远方的沼泽地里，再远就是当格里斯岛，仿佛一道波纹似的漂浮在一望无际的大海之中，水天相接，已分不清哪里是海，哪里是天。

苏德尼－布雷兹沉睡在这片宁静之中。鸭塘周围零星地散落着几处老房子，教堂的银色尖顶突兀地矗立着，果园的果树上满是露珠。苏德尼－布雷兹曾经醒过吗？

简女士将汽车停在公路边的鸭塘附近，推开通向庄园的一扇白色大门，雕着怪兽的大门挂着挂锁。她走进园子，穿过花园，朝着精雕细刻的壁炉烟囱走去。似乎没有人注意到她。

这座又长又矮的房子位于一个斜坡上，周围环绕着一条很深的护城河。斑驳的砖石结构从河面上凌空伸出，好像一株古老的雪松向空中伸展着它那无法计数的红色枝条。简女士凝神屏息，注视着。

多年与世隔绝沉淀下来的孤寂笼罩着草坪和花园。六十年前最后一位苏德尼领主——一位身无分文的年轻人——为寻求自己在加拿大的前程放弃了贝尔斯庄园，自那以后这里就一直无人居住。在此之前，那位年轻人和他寡居的母亲，以及一些穷苦的远亲，住在其中的一间小屋里，而主屋，即使在他们那个年代，也寂寞得像是家族的墓室。

简女士出身于林克家族的另一支，拥有伯爵爵位并积聚了相当大一笔财产。一连串的死亡和一个她从没见过的老人的一时兴起，使她继承了美丽的贝尔斯庄园。简女士伫立着，看着贝尔斯……贝尔斯与她所想的不大一样。"适应它恐怕不大容易，瞧瞧这屋顶，还有供暖的费用！"

在过去三十五年中，简女士是位精力旺盛、处事果断、生活独立的人。虽然有众多姐妹，但她从小就过着不奢侈却很富足的生活。简女士很早就离开家，独自住在伦敦的寄宿公寓里，还到热带地方旅游过，在西班牙和意大利度过夏日。她共出版过三本条理清晰、令人耳目一新的游记。现在，刚从法国南部度完夏天的简女士站在齐脚踝深的欧洲蕨里，凝视着沐浴在九月阳光下的贝尔斯庄园。

"我绝不会离开这里！"她顺口而出，心中充满了感动，好像在对情人许下爱的承诺。

她沿着庄园的最后一个斜坡走下来，进入样式古板、没落的花园：花园里修剪过的紫杉看起来就像装饰华丽的建筑物，冬青树篱则像厚实的墙壁。与屋子相连的是一座有低矮拱璧的礼拜堂，门半开着。简女士认为这是个好兆头：她的祖先正期待着她的到来。在门廊里，她注意到凌乱的礼拜布告、伞架、散乱的门垫。毋庸置疑，小教堂曾被作为乡村教堂使用，这使简感受到温暖友善。透过雕花的祭坛屏饰，她看到许多黄铜纪念碑与圣坛上潮湿的旗子遥遥相对。她好奇地看着它们：有些仿佛正轻声地和她打招呼，唤醒她脑海中久远的记忆，其他一些则低语着她不知道的往事。简女士觉得惭愧，因为她对自己的家族了解得实在太少了。不管克罗夫家族还是林克家族，历史上都没有出过特别杰出的人，他们仅靠牢牢抓住手里的一切，慢慢地积累土地和特权。"绝大多数来自聪明的婚姻。"简女士不无刻薄地想。

这时，简女士的视线无意中落到一块不那么华丽的纪念碑上：一具镶在墙壁里的灰色大理石棺。棺面上刻着一位年轻男子的半身像：漂亮傲慢的面容，拜伦式的脖子，向内翻卷的头发。

"派拉格林·温森特·色俄波特·林克，贝伦·克劳茨，十五世贝尔斯苏德尼子爵，苏德尼、苏德尼－布雷兹、上林克、林克－林耐特的领主……"接着依循惯例，列举一连串单调乏味的荣誉勋位、宫廷和郡县职位。最后是："生于1790年5月1日，卒于1828年阿勒坡流行瘟疫。"最底下，似乎是事后才在狭小的空间里用难以辨认的字符挤进一句："及他的妻子。"

这就是苏德尼子爵夫人的全部：没有姓名，没有日期，没有头衔、没有称号。她也死于阿勒莫的瘟疫吗？或者那个"及"暗示着躺在那具傲慢丈夫为自己长眠准备的石棺中的人实际上是他的妻子，他没有想到自己会葬身在叙利亚的某条水沟里。简女士竭力地搜寻着脑海中相关的记忆，然而一无所获。她仅仅知道的是这位苏德尼子爵没有子嗣，因此，他一死，他的财产便由克罗夫特－林克家族继承，并最后把简·林克女士领到这个圣坛前。她羞愧地跪在地上向死者发誓：决不辜负他们的信任。

简女士穿过入口处的庭院，来到新家的门前：鞋上沾满了泥土，身上的花呢衣服也沾满尘土，像个冒昧闯入的游客。她伸出手，踌躇着要不要按门铃。"也许我应该找个人陪我来。"她想道。作为一个为写游记而独自到过许多地方的年轻女性，简女士凭着自己的能力强行参观过许多警备森严的房子。而现在……简女士自己都觉得刚刚的想法很可笑。可她回想起来，却觉得所有那些戒备森严的房子都比贝尔斯庄园更加亲近。

她按下门铃，响起一阵叮铃声，紧跟着是一串急促嘈杂的回音，仿佛在问"到底发生什么事了"。透过最近的窗口，简女士远远看到一个幽暗的长房间，家具被覆盖着。她看不到房间的另一端，但感觉到那里一定站着一个人，并在仔细地打量着她。

"首先，"她想，"我应该请些朋友到这里来，把屋里的冷清孤寂都赶走。"她又按了一下铃，铃声无精打采地响着，仍旧没人应门。

后来，她想起看门人也许住在院子的另一处。于是推开院门，走向一处很像马厩的地方。一株不引人注意的木兰顺着紫色的砖墙伸展着，一朵迟开的花朵绽放在枝头，十分抢眼。简女士走到一扇写着"用人"字样的门前，按下门铃。这铃声虽然也是懒洋洋的，不过比大门的门铃响亮一些，仿佛经常被人使用，还记得它的职责。在这耽搁的一会儿工夫中，简女士又有一种被人盯着的感觉——透过一幅放低的帘子——仅仅是一瞥。一位长得还挺端正的年轻女仆从门里探出头来，看上去不太健康，似乎被吓着似的。她眨眨眼睛，看着简女士，仿佛才睡醒。

"你好，"简女士说，"我可以参观这幢房子吗？"

"房子？"

"我就住在附近……我对老房子很有兴趣。我可以进来看看吗？"

年轻女仆的身体开始往回缩："这房子对外不开放。"

"噢，别……别……"简女士思量一下，"不瞒你说，"她解释道，"我认识这个家族的人——诺森伯兰郡的那一支。"

"您是这家的亲戚，女士？"

"呃……远亲。"这并不是简女士想说的，但似乎找不到更好的答案。女仆困惑地扭动着她围裙上的饰带。

"帮帮忙吧。"简女士要求道，亮出一枚 2.5 先令的硬币，女仆的脸变得苍白。

"我不能这样做，女士，如果不经过允许。"显然，她抵挡不住金钱的诱惑。

"嗯，问一声总可以吧。"简女士把小费塞进女仆摆动的手里，女仆关上门走了。她离开了很久，简女士开始怀疑自己的钱给私吞了，而她的拜访也只好到此为止。简女士对自己很生气：每次遇到这种事儿，她总是先检讨自己。

"呃，简，你真是个不折不扣的傻瓜！"她咕哝着。

一阵无精打采的脚步声传过来，听声音，她参观不成这幢房子了。这一切突然间变得滑稽可笑。

果然。门开了，女仆单调的声音说道："琼斯先生说，任何人都不许参观这幢房子。"她和简女士对视一会儿，简女士看出她眼中的害怕。

"琼斯先生？啊？好……好吧，留着它……"她把女孩的手推开。"谢谢您，女士。"门又关上了，简女士呆呆地站着，盯着冷漠的家门——这是她自己的家！

二

"你没有进去？甚至连偷偷看一眼都没有就回来了？"当天晚餐时，简女士给大家讲了自己的故事。她的朋友们不相信地笑了。

"可是，亲爱的，你的意思是——你要求看房子而他们拒绝了？谁不让你进去？"一个朋友好奇地问，简女士就借住在她家。

"琼斯先生。"

"琼斯先生？"

"他说，任何人都不许参观贝尔斯庄园。"

"琼斯先生,他是什么人?"

"看门人,我猜的。我没见着他。"

"你没见着他?我从未听说过这种事!你为什么不坚持到底呢?"

"对啊,为什么你不?"他们齐声问道。她找了一个没什么说服力的理由:"我想我大概是害怕了。"

"害怕?你?亲爱的!"又是一阵笑声,"害怕琼斯先生?"

"我想是的。"简女士也笑了。然而她心里明白:这是真的,当时她的确有些害怕。

小说家爱德华·斯摩是她家的老朋友,此时眼睛盯着手中的空咖啡杯,漫不经心地听他们交谈。女主人把自己的椅子推回时,他突然隔着桌子,盯住简女士说:"真奇怪!我记得,在我还是个孩子的时候,曾想参观贝尔斯庄园。大概是三十年前吧,你母亲开车带我去的,我们也遭到拒绝。"

斯摩不容置疑的语气使大家回忆起来,贝尔斯庄园确实是不容易进去的。

"我想起来了,"斯摩说,"拒绝我们的是同一句话:'琼斯先生说,任何人都不许参观这幢房子!'"

"什么……那时他就在?三十年前?这个琼斯,真是个古怪的家伙!呃,简,恭喜你有条这么好的看门狗。"

说着,他们已进入画室,话题也转到别的方面去了。斯摩走过来,坐在简女士身旁:"这事儿很古怪,隔这么长时间,拒绝我们的理由却一模一样。"

简女士抬起头来,好奇地看着他:"不错,你也没有闯进去?"

"噢,没有,这似乎是不可能的事。"

"我也这么觉得。"她点点头。

女主人走向钢琴时,听到最后几句话,蓦地插一句说:"噢,下个星期,我希望把贝尔斯庄园看个够,不管琼斯先生怎么说!"

"还不知道我们能不能见着他呢!"斯摩说道。

三

贝尔斯庄园远不如看上去那么大。与许多老房子一样,它很窄小,仅有一层楼高,佣人的房间在低矮的阁楼上,许多空间都浪费在弯曲繁复的走廊和冗赘多余的楼梯上。简女士认为,如果把客厅门关上,她就可以舒服地住在这儿。发现这幢房子远没有她想象的宏伟时,简女士禁不住松了一口气。

从到达贝尔斯庄园的那一刻起,简女士就下定决心——为了贝尔斯,她可以放弃一切。以前的计划和雄心壮志——只要与住在贝尔斯庄园相冲突——都像旧衣服一样被抛在一边,而以前她从未想过的，或由于年轻冲动而不屑一顾的事情，却渐渐占据她的脑海。她越来越对家族的过去感到好奇，这使她渴望了解那些埋藏在逝去岁月里的历史或教训。贝尔斯庄园的凄凉和荒芜比昔日的辉煌更能激起简女士的共鸣，因为它更容易使人沉浸在回忆之中：先人们曾在这儿来来往往——对他们而言，贝尔斯庄园不是博物馆、不是历史书，而是出生的摇篮、幼时的乐园、成年后的家，或是一座禁锢的监狱。若教堂里那些大理石碑能说话该有多好！或者让她听听逝去的人对贝尔斯庄园的评价也好，它埋藏过多少罪恶、痛苦、愚蠢和屈从！仿佛贝尔斯庄园的过去、现在可以构成一部传奇似的。而她将在这儿谱上新的篇章，也许这些篇章赶不上昔日的辉煌，然而，比起未能载入家史的祖母、曾祖母辈的生活，却自由而丰富得多——她们从出生到死亡，连一个字的记载都没能留下！"像堆积的落叶，"简女士想，"一层又一层，保护着地下永远萌发着的幼芽。"

呃，至少能把这幢房子完整地保存下来，而这已足够了。她很乐意接过保护这座庄园的责任。

坐在花园里，抬头望着那些玫瑰色的墙壁，简女士发现，由于岁月和风雨的侵蚀，它们已经褪色了。她盘算着哪些房间由她使用，哪些可以用于接待从肯特郡赶来参加乔迁之喜的朋友，当然也包括斯摩。考虑好后，她站起身，走进屋里。

接下来面临的是仆人问题。她独身前来,连母亲送给她的老女仆都没有带来。也许重新找仆人比较好,最好能在附近雇些合适的。克莱姆太太,一个曾在她进门时冲她行屈膝礼、双颊绯红的老妇人,应该知道雇什么人。

简女士将克莱姆太太叫进书房。后者又冲她行一个屈膝礼。简女士打量着她:身着黑丝衣服,上半身是平直的上衣,下半身是细腰宽幅裙;前襟垂着帽子的饰带,带子已由紫罗兰色褪成灰色;针织领下方别着一枚火山岩胸针,一根沉甸甸的链子从胸针处垂下;在衣领的衬托下,她的圆脸仿佛一个放在白瓷盘里的红苹果:干净、光滑、圆润。她噘着嘴,眼睛像一对黑色的种子,圆而红润的双颊绷得紧紧的,若不走近,你根本无法看清它,其实,那脸颊与皱巴巴的老树皮已经没什么两样。

克莱姆太太认为用人方面不存在问题:她自己会烹饪,虽然手脚有时候不听使唤,可还有侄女帮忙,因此没有必要再请其他人。那些人都是穷鬼,而且不一定适应贝尔斯庄园的生活。以前就有这样的人。然后,她加上一句,希望小姐能习惯贝尔斯。

至于杂役,嗯,也许可以找个男仆。她有个侄孙可以推荐。至于女的——女仆——如果小姐认为她和她的侄女不能胜任的话,哦,她也想不出更好的人选。到苏德尼－布雷兹寻找?噢,她认为不合适……

那里的死人比活人多……每个人都离开了……要不就进了教堂的墓地……房子一幢接一幢地关闭……到处都是死亡，难道不是吗，小姐？"克莱姆太太说道，脸上局促地笑着，露出浅浅的酒窝。

"我侄女——乔治安娜是个勤快人，小姐。上次她还让您进了这个园子……"

"没有进来。"简女士纠正她的说法。

"噢，小姐，太不幸了。如果您表明自己的身份……可怜的乔治安娜，她应该看出来的；唉，她不够机灵，连应个门都做不好。"

"她不过是照吩咐办事，她问过琼斯先生。"

克莱姆太太突然沉默下来。她那布满皱纹但仍坚强有力的手，此时却紧张地摸着围裙上的褶痕。克莱姆太太迅速地向四周瞟一眼，然后才与简女士的视线相对。

"是的，小姐。但正如我所说，她应该知道……"

"谁是琼斯先生？"

克莱姆太太又露出不以为然的笑容，语气依然很恭敬："噢，小姐，与其说他活着，倒不如说他已死了……也许我可以这么说。"

出人意料的答案。

"是吗？我很遗憾。我想问问，他是谁？"

"呃，小姐，他是……他是我的舅公，就是……哦，我祖母的亲弟弟，您可以这么认为。"

"啊，我明白了。"简女士看着她，更好奇了，"那他肯定很老了吧！"

"是的，小姐，他的确很老了。"克莱姆太太补充道，又露出她的酒窝，"可我还不老，至少说，没有你认为的那么老。住在贝尔斯庄园的这些年让我老得很快。住在这儿，估计所有人都会很快变老的。"

"我也这么认为，但是，"简女士继续说道，"琼斯先生挺过来了，并且适应得很好，你也是。"

"噢，他可不比我过得好。"克莱姆太太打断简女士的话，仿佛这个说法冒犯了她似的。

"不管怎么说，他仍看守着这座屋子，做得和三十年前一样好。"

"三十年前？"克莱姆太太重复着这个数字，她的手从围裙上垂落到身体两侧。

"难道三十年前，他不在这儿？"

"噢，是的，小姐，他当然在，据我所知，他从未离开过。"

"了不起的纪录！他究竟做些什么？"

克莱姆太太再次沉默了，手一动也不动地插在裙褶里。简女士注意到她紧紧地绞动着手指，仿佛想阻止自己无意识中做出的手势。

"他一开始在食品储藏室帮忙，然后做餐厅男仆，最后当仆役长，小姐。很难说清楚，一个老仆人能做些什么，不是吗？毕竟他待在这屋子这么多年了。"

"对，房子老是空着。"

"是这样，小姐，所有的事都由他决定，一件接一件，他的最后一任主人很器重他。"

"他的主人？可他从来没有来过这儿！他一直待在加拿大。"

克莱姆太太显出不安。"确实是这样，小姐。"她的声音仿佛在说：你是谁，把我当成贝尔斯的活字典吗？"但是有通信往来，小姐，我可以拿那些信件给您看，而且第十六世子爵曾回来过一次。"

"啊，是吗？"简女士觉得很尴尬，她对这些事情知道得实在太少。她从位子上站起来说："那些逝去的人真幸运，有这么忠实的仆人看守着他们的财产。我想去看看琼斯先生，感谢他所做的一切，你可以领我去吗？"

"现在？"克莱姆太太倒退两步，简女士发觉她双颊突然间变得惨白，连脸上一贯的红润也无法遮掩，"噢，今天不行，小姐。"

"为什么？他身体不好？"

"也不是，应该说他现在介于生死之间。"克莱姆太太重复道，仿佛这是她所能找出的最贴切的形容琼斯先生身体状况的词汇。

"甚至认不出我是谁？"

克莱姆太太考虑了一会儿。"我不是这个意思，小姐，"她的语调暗示，如果这么认为，可能会显得不敬，"他应该认得您，小姐，但您不会认得他。"她顿了一下，匆忙地加了一句，"我是说，就他现在的状况来说，您不能见他。"

"他病得这么重？可怜的人！你们想过办法救他吗？"

"噢，各种方法都试了，我们还在努力，小姐。不过也许，"克莱姆太太建议道，晃晃手中的钥匙，"小姐，这时候您正好可以看看房子。如果您不反对，我打算先领您看看日用织品。"

四

"那位琼斯先生呢？"几天后，在一株大冬青树下，简女士和从肯特郡赶来的朋友们围坐在临时搭成的茶桌边喝茶时，斯摩问道。

那天温暖宁静，就像简女士第一次到贝尔斯庄园时一样。简女士抬起头来，冲那些历史悠久的墙壁露出身为主人的微笑，它们似乎也报以一笑，那些窗子仿佛正友好地盯着她呢。

"琼斯先生？他是谁？"其他人问道。他们中只有斯摩记得上一次的谈话。

简女士犹豫了一下："他是我的隐身卫士，更确切地说，是贝尔斯庄园的卫士。"

他们也记起来了。"隐身？你是说，你还没见过他吧？"

"还没有,也许我永远见不着他。他已经很老了——恐怕还病得很重。"

"他还掌管着这儿?"

"噢,那还用说!事实上,"简女士补充道,"我认为他是唯一活着的、了解贝尔斯庄园全部历史的人。"

"简,我的天!那株倚着墙的大树!"大家都爱好园艺,于是一起向那棵大树遮蔽的角落冲过去,"我要在狄浦威的南墙处种一棵。"在肯特招待过简女士的女士叫道。

他们喝过茶,开始巡视房子。短暂的秋日快要结束了,他们只能待一个下午。因为晚上急着赶回去,又在花园里逗留这么久,参观屋子内部的时间就只剩下一点点了,充其量只能从一团模糊观看中拼凑屋子的全貌。也许,简女士思量,这才是参观像贝尔斯这样的老房子的最好方式,毕竟它被废弃这么久,还没有融入新生活当中。

她事先已在客厅里生起炉火,整个大房间充满了希望和欢快的气氛。墙上的画像、意大利式储藏柜、破旧的扶手椅和厚实的地毯,看上去就像住在这儿的人刚离开似的。简女士自言自语道:"也许克莱姆太太是对的,这儿做会客室最好。"

"亲爱的,多棒的房间!只可惜朝向北边,当然,在冬天,你不得不把它关掉——不然的话,光供暖就得花一大笔钱。"

简女士犹豫一下:"我也这么想,但这儿好像没有其他……"

"没别的?在这么大的屋子里?"他们爆发出一阵大笑,其中一位向前走着,穿过一个嵌有镶板的前厅,来到一间蓝色的起居室里,大声叫道:"瞧这儿!多棒的房间,窗子朝南——啊,还有一个朝西,整栋屋子里最温暖的房间,太完美了!"

他们跟过去,整个房间里充满了大家的感叹。"那些绣着鹦鹉花纹的漂亮帘子……还有蓝色的、缀有小点状花纹的炉前挡板。对,简,你应该住在这儿,你瞧那张桌子!"

简女士说:"听说这个房间的烟囱总是冒烟,怎么也弄不好!"

"胡说,你问过别人吗?我可以向你推荐一个手艺很好的人……"

"如果再装一个单管加热器,在狄浦威……"

斯摩从简女士的肩上往里看:"琼斯先生怎么说?"

"他说很久以来,没人能使用这个房间。管家告诉我的,她是琼斯先生的侄孙女,看上去只是传达他的口谕而已。"

斯摩耸耸肩:"呃,琼斯先生在贝尔斯生活得比你久,也许他是对的。"

"太荒谬了!"一位女士喊道,"管家很可能和琼斯先生在这儿过夜,不希望被人打搅,瞧,炉床里还有灰呢,我说得没错吧!"

简女士附和着他们的笑声,离开蓝色起居室。他们还打算看看潮湿、破旧的藏书室，嵌有镶板的餐厅，早餐室及留着旧家具的卧室——家具已所剩无几，大部分可移动的财产不知什么时候已被贝尔斯庄园的最后几任主人卖掉了。

参观者下来时，汽车已经在等候了。门厅内只摆了一盏灯，从西窗里透过来的微光照亮了周围的房间。窗外是广袤无垠的晴朗天空。在门阶处，一位女士说她的手提包掉了——没掉，她记起来，她把它放在蓝色起居室的桌子上，哪里通往蓝色起居室呢？

"我去拿。"简女士说着，转身往回走。她听见斯摩跟在后面，问她是否要带盏灯。"噢，不用，我看得见。"

借助西面窗子透过的微光，她迈过蓝色起居室的门槛。突然，她停住脚步。已经有人在房间里了。与其说看见，不如说她感觉到有人在。斯摩也在她身后停了下来，没有说话，也没有动。她看到，或者说，她以为自己看到一个佝偻着身子的老人，正准备离开木桌。在她刚要确定这个印象时，那儿已经空无一人，仅挂在房间另一端门上的针织门帘轻微地晃动了一下，既没有脚步声，也没有其他声音。

"包在这儿。"她说，仿佛说点什么可以让自己松一口气似的。

回到门厅，她与斯摩视线相接，但没有发现斯摩有丝毫异常的迹象。这说明斯摩没有看到那个身影。斯摩握住她的手，笑着说："呃，再见，我把你托付给琼斯先生了，不过千万不要让他把你也贴上'不能对外开放'的标签。"

她也笑了："下次你一来就知道了。"

当最后一辆汽车的尾灯消失在黑色的大树篱之后，她的身子禁不住颤抖了一下。

五

简女士很高兴，因为她可以一个人不受打扰地住在贝尔斯庄园，有时间熟悉彼此。然而几天以后，她开始回忆起第一次按门铃时站在大门口的那种不安的感觉。嗯，她原来打算请一些人来陪她的主意还是正确的，这屋子太冷清了，而且太古老、太神秘，总是隐身在过去的历史中，使她很难轻易地改变它。

然而这段时间里，她的朋友中很少有人闲着；她的家人都住在北部，不可能搬来这儿，她的一个姐妹收到邀请函后，只给她寄回一张排得满满的狩猎日程表。她母亲则写道："为什么不来和我们住在一起？这个时候，一个人住在那个空荡荡的屋子里做什么？明年夏季我们全家都到你那儿去。"

她又邀请另外两个朋友，仍是同样的结果。简女士想起斯摩，他正在写一部小说的结局。她知道，这种时候，他喜欢待在乡下某个不会被人打扰的角落。贝尔斯庄园是个不错的庇护所，虽然可能有其他朋友也会接受她的邀请,但考虑到必要的私人空间,简女士决定只邀请他。"记着带上你的书,留在这儿完成它——不用急着赶稿,我保证没有人会打搅你……"她有点神经质地补充道,"包括琼斯先生。"写下这一行字时,她突然有种愚蠢的冲动,想把它涂掉。"他可能会不高兴的。"她想。这个"他"指的并不是斯摩。

难道孤独已经让她变得迷信了吗?她把信塞进信封,亲自送到苏德尼-布雷兹的邮局。两天后斯摩回了一封电报,答应前来。

那天下午很冷,下着暴雨,斯摩刚好在吃晚餐前赶到。他们去换衣服时,简女士告诉他:"今晚我们将待在蓝色起居室。"女仆乔治安娜正穿过走廊,给客人送来热水。她突然停住脚步,茫然地看着简女士。简女士看到是她,心不在焉地说:"你听到了吧,乔治安娜?把蓝色起居室的炉火生起来。"

简女士更衣的时候,听见一阵敲门声,看到克莱姆太太的圆脸恰好探进门来,仿佛园子里挂着的红苹果。"小姐,客厅出了什么问题?乔治安娜说……"

"我要她把蓝色起居室的火生起来,没错,客厅的问题是待在那儿的人会被冻僵。"

"可那里的烟囱一直冒烟啊。"

"噢,我们可以试一下,如果确实如此,我请人来修。"

"没有人能修好,小姐。所有的方法都试过了,可……"

简女士转过身子,她听见斯摩在走廊另一端的更衣室里正用走调的嗓音哼着一支欢快的小调。

"就这么定了,克莱姆太太,我希望在蓝色起居室里看到炉火。"

"好的,小姐。"门在管家身后关上了。

"最终,你还是决定到客厅?"吃过便餐,简女士在前领路时,斯摩问道。

"对,我希望你不会冻着。琼斯先生发誓说,蓝色起居室的烟囱不安全,除非我能从干草桥找来一个泥瓦匠……"

"啊,我明白了。"斯摩站在大壁炉的火光前,"我们只能待在这儿,虽然供暖要花一大笔钱。看来,琼斯先生仍是这儿的统治者。"

简女士轻笑一声。

"告诉我,"他继续说,而她正专心地调配土耳其咖啡,"他是个什么样子的人?我很好奇。"

简女士又笑起来,自己都感到笑得不自然:"我也想知道。"

"为什么……你不会说你还没见过他吧?"

"是的,他一直病得很重。"

"到底是什么病?医生怎么说?"

"他不愿看医生。"

"可是你想——如果情况变得更糟——我也不知道，但你这么做不会被视为太疏忽了吧？"

"我能做什么呢？克莱姆太太说，有个医生通过信件指导他如何治疗，我认为我根本插不上手。"

"除了克莱姆太太，你还能向什么人咨询？"

她想了一下，确实到目前为止，她还没有尽多大努力和邻居沟通。"我原以为，教区的牧师可以帮忙，可我听说，在苏德尼-布雷兹已经没有牧师了，干草桥的一个助理牧师隔一个周日来一次。现在这个是新来的，这里似乎没有人认识他。"

"可我以为那个小礼拜堂仍在用。上回你带我们参观时，它看起来似乎还在用。"

"我也这么想，它曾是林克-林耐特和下林克的教区教堂，不过那是很久以前的事。教徒们不愿来这么远的地方，而且人数也不多，克莱姆太太说,差不多所有人都死了或离开了,在苏德尼-布雷兹也一样。"

借着炉火的光亮，斯摩打量着这间屋子。在另一边，重叠的阴影仿佛正聚精会神地聆听着他们的交谈。"随着这儿的荒废，周围的一切开始逐渐衰落。"

简女士顺着他的目光看去。"对，可这是种错误的趋势，我一定要让这儿重新恢复活力。"

"为什么不向公众开放?譬如设立一个参观日什么的。"

她考虑了一下。这个主意本身令人不快,她几乎想不出还有什么事能比这件事更让人讨厌了。然而这么做,也许是一种责任,是让这间沉寂已久的屋子与外界重新建立联系的第一步。她私下里认为,也许陌生人能抹去这间屋子里太过沉重的记忆。

"她是谁?"斯摩问道。简女士从思绪中惊醒,猛地扭过头来。斯摩的视线正越过她落在一幅肖像上:炉床的一道火光刚好照到肖像,它从模糊中显现出来。

"某个苏德尼夫人。"简女士站起来,提着一盏灯走向画像,"很可能是个奥皮人,你认为呢?在那个可笑的年代,这是张奇特的脸。"

斯摩接过灯,举起来。那是个年轻女人的肖像,身着一袭低腰的平纹细布礼服,前襟系一枚浮雕宝石;一束束饰带系在她的长发上,一张白皙的鹅蛋脸沉默地看着前方,脸面冷漠,整幅画流露出一种冷若冰霜的美丽。"似乎那时这屋子就很冷清了,"简女士咕哝着,"我想想她是哪一个?噢,我知道了,一定是那个'及他的妻子'。"

斯摩不解地看着她。

"这是纪念碑上对她的唯一记载,派拉格林·温森特·色俄波特·林克的妻子。苏德尼子爵死于1828年阿勒莫的流行瘟疫。也许她很爱他,这幅画是在她成为伤心的寡妇时画的。"

"1828年人们已不流行这种衣服了。"斯摩把灯举近一些以辨认这位女士披肩边上的题字:"茱莉安娜,苏德尼子爵夫人,1818。"

"看来在苏德尼子爵死之前,她就很忧伤了。"

简女士笑了:"那我们就希望:在他死后,她会快乐一些。"

斯摩将灯晃过画布。"你注意到这幅画是在哪儿画的吗?蓝色起居室!瞧,古老的镶板饰面,她斜倚在木桌边,毫无疑问,他们冬天就住在蓝色起居室。"他让灯光停在画的背景处:窗外积雪的道路和树篱在冰天雪地中清晰可见。

"真奇怪,"斯摩说,"真令人忧伤:在凄凉的冬天画肖像,我希望你能多找一些关于她的资料。你翻过档案了吗?"

"没有,琼斯先生……"

"他不允许?"

"不是,是克莱姆太太把档案室的钥匙弄丢了,她正在设法找一个锁匠。"

"难道这附近连一个锁匠都没有?"

"曾有一个,在我来之前一星期刚死。"

"真的?"

"当然。"

"你想,钥匙在克莱姆太太的手中不见了,烟囱总是冒烟,锁匠又死了……"斯摩站起来，手里提着灯，打量着客厅的阴影，"我认为，我们应该去看看蓝色起居室里发生了什么事？"

简女士笑了一下。她的笑声仿佛与附近的回音混在一起。"我们应该去……"

她跟着斯摩走出客厅，穿过门厅。蜡烛孤零零地燃烧着，黑洞洞的楼梯像个裂开的烟囱。他们拾级而上，走到蓝色起居室门口时，斯摩突然站住说："看，琼斯先生……"

简女士的心猛地一跳，祈祷他们的挑衅没有激怒上次看到的那个幽灵人物。

"上帝呀，真冷！"斯摩站定身子，环顾四周，"那些灰还在炉床里，嗯，这实在太奇怪了。"他走向木桌，"画像里，她就坐在这儿——对，就在这张扶手椅上——你瞧！"

"噢，别……"简女士下意识地叫道。

"别……别什么？"

"别打开那些抽屉……"看到他的手正伸向桌子，她赶紧说道。

"我有点冷，可能感冒了，走吧。"她抱怨着转身朝门走去。

斯摩举起灯照着她走出去，没有作声。当灯光掠过四周的墙壁时，简女士觉得另一端门上的门帘又像上次那样掀动一下。也许外面起风了。

他们走回客厅后，禁不住松下一口气来，仿佛回到家里一样。

六

"根本就没有琼斯先生!"第二天上午,斯摩得意地宣布。

一大早,简女士就开车到干草桥找泥瓦匠和锁匠。所花的时间比她想象的要多,因为干草桥的人们光附近的活就忙不过来,而且他们也不愿意来贝尔斯庄园。这个地方对他们来说,既陌生又遥远,年轻一点的甚至不知道它在哪儿,简女士唯一能做的就是说服锁匠的一个学徒跟她到贝尔斯庄园来,并允诺等他一做完工作,就把他送至最近的车站。泥瓦匠则仅仅记下她的要求,不热心地表示:一有空,他就派人来修。"虽然这已经超出了我们的工作范围。"他说道。

斯摩做完早课,下楼时正好碰到简女士垂头丧气地回来,整个人看上去筋疲力尽。

"没有琼斯先生?"她重复道。

"连影子都没有!我用老格莱美的方法——用窗子定位一个人的房间。幸好这房子比较小……"

简女士微笑着:"这就是你所谓的'闭关写小说'?"

"我写不出来。问题就在这儿,除非这事解决了。贝尔斯是个让人烦躁不安的地方。"

"我也这么认为。"她表示同意。

"呃，我不想被打败，所以试着去找园艺师。"

"这里没有……"

"对，克莱姆太太告诉我，去年他就死了。你有没有注意到，当这个女人提及一个人的死亡时，脸上会兴奋得发光？"不错，简女士已经发现了这一点。

"好吧……我对自己说，既然这儿没有园艺师，总该有普通园丁吧。至少会有一个。我曾远远地看到一个人在扫树叶。我找到他。果然不出我所料，他从未见过琼斯先生。"

"你是说那个半瞎的可怜老头杰科柏？他谁都看不见。"

"也许吧，不管怎么说，他告诉我，琼斯先生不喜欢让叶子变成腐土——我忘记原因了。看来琼斯先生的权威已经蔓延到了花园。"

"而你还说他不存在！"

"别急，杰科柏虽然半瞎，可在这儿待这么多年，远比你想象的要了解这处地方。我和他谈起贝尔斯庄园，我指着每扇窗子问他，谁住在那里或曾经有谁住过，可他的叙述里没有提及琼斯先生的房间。"

"请原谅，小姐……"克莱姆太太站在院子里，脸颊发着光，裙子沙沙作响，眼睛像钻子一样，"小姐，您请来的锁匠，就是为打开档案室请来的那个……"

"怎么啦？"

"他忘带一样工具,什么也做不成,已经走了。是屠夫的儿子顺路送他回去的。"

简女士听到斯摩的轻笑声。她站起来瞪着克莱姆太太,后者也看着她——恭顺却毫不退缩地直视着她的眼睛。

"走了?很好,我把他追回来。"

"噢,小姐,太晚了,屠夫的儿子开着汽车——而且,他又能做什么呢?"

"打开那个房间。"简女士怒气冲冲地大声说。

"可是,小姐……"克莱姆太太恭敬的语调里流露出一丝怀疑。她离开时,简女士和斯摩对视一眼。

这天和平常一样,由紧张兮兮的乔治安娜服侍他们午餐。

"太荒谬了,"简女士突然宣布,"如果必要的话,我会自己撬门——小心一点,乔治安娜,"她补充道,"我说的是门,不是餐盘。"

乔治安娜从桌子撤走餐盘时,不小心把盘子摔在地上。她用哆嗦着的手指将碎片收拢后离开了。简女士和斯摩回到客厅。

"真奇怪!"小说家发表看法。

"就是。"简女士面向门说着,身子轻颤一下,因为她发现克莱姆太太再次出现在门口。这一次神色暗淡,裙子也不再沙沙作响,整个人显出一种奇怪的苍白,然而她的双颊仍然绯红。

"请原谅,小姐,我找到钥匙了。"她递出钥匙,手抖得像乔治安娜一样。

七

"这儿没有。"几个小时后,斯摩宣布。

"没有什么?"简女士从一堆杂乱的档案里抬起头来,隔着文件掀起的黄色尘雾,眯着眼看着斯摩。

"没有线索——我已经清出1800年到1840年的所有档案,不过其中有一段空白。"

他弯下身子查看桌上的文件。她走了过去:"空白?"

"很长一段,没有从1815年到1835年的任何档案,没有任何关于派拉格林或茱莉安娜的资料。"

他们隔着卷宗对望。突然,斯摩大声说:"有人比我们先来一步——而且就在不久之前。"

简女士不相信地瞪大眼睛,顺着他的手所指的方向看去。

"你穿平底无跟鞋吗?"他问,"而且是那个码子?对那些脚印来说,连我的脚都太小了,幸好还没来得及扫地。"

简女士觉得有股轻微的寒意。这种寒意与他们刚进这间通风不良、专用来存放苏德尼家档案的阁楼时感到的冰冷不同,仿佛是从心底泛出来的。"太荒谬了！克莱姆太太知道我们要来，她当然会——或派别人来——打开这些百叶窗。"

"这不是她的脚印，也不是另一个女人的。她肯定派了一个男人，一个走路不稳的老头，你瞧这歪歪扭扭的脚印。"

"那么，是琼斯先生了！"简女士不耐烦地说道。

"没错，他拿走了他想要的东西，把它放在……哪里呢？"

"啊，那……我有点冷，我们先把这件事搁一会儿吧。"她挺直身体，斯摩没有异议地跟着她，这间档案室确实不宜久待。

"哪天我要把这里所有的文件清理一下。"简女士下楼时继续说，"不过现在，你认为散散步怎么样，赶走我们肺里的灰尘？"

他同意了，转回自己房间拿几封准备到苏德尼－布雷兹邮局投寄的信件。

简女士一个人先走。这是个明媚的下午，阳光从蓝色起居室的西窗投射过来，照亮门厅的地板，在地上拖出一条长长的光影，档案室的灰尘在阳光中飞舞。

显然，乔治安娜把栎木地板保养得很好。想想她还要做那么多杂七杂八的事儿，真叫人吃惊。

突然，仿佛一只无形的手猛地拉她一把似的，简女士停住步子：在她面前，在光滑的拼花地板上，一串沾满灰尘的脚印——宽底无跟鞋的鞋印——直通蓝色起居室，并越过门槛。她一动不动地站着，感觉在楼上产生的寒意又从心底冒起。避开脚印，她蹑手蹑脚地朝蓝色起居室走去，将门推开，看到在炫目的秋日阳光中，一个老人伫立在桌旁。那身影仿佛是透明的，还镶着一道灿烂的金边。

"琼斯先生！"

她的身后响起一阵脚步声，克莱姆太太挎着邮包走过来："小姐，刚刚是您在叫吗？"

"我……是的……"

当她转身看向桌子时，那儿已经没有人了。

她面对管家："他是谁？"

"哪儿，小姐？"

简女士没有回答，朝着针织门帘走去，发现门帘又像前两次那样微微地掀动一下："这扇门通往哪儿——帘子后面的门？"

"它不通的，小姐，我是说，这儿没有门。"

克莱姆太太跟在后面，听她的脚步轻快而充满信心。她用一只手坚定地撩起门帘，帘子后面是一个墙角，粗略地抹着一层灰浆，看得出墙上的门已被砖封了起来。

"什么时候封的？"

"这墙？我不知道，若不是您，我还不知道这儿有扇门呢。"管家答道。

两个女人站定身子，平视着彼此的眼睛。过了一会儿，管家慢慢地垂下眼睛，松开手里的帘子。"老房子里总有许多让人看不明白的东西。"她说。

"我希望我的屋子里最好不要有。"简女士说。

"小姐！"管家快步走到她的前面，"小姐，您要做什么？"她惊讶得倒吸一口气。

简女士转向桌子，刚刚在那儿她看到了——或者自认为看到了——琼斯先生佝偻的身影。

"我打算看看那些抽屉。"她说。

管家仍一动不动地站在简女士和桌子之间，脸色惨白。"不行，小姐……不行，您不能这么做。"

"为什么……"

克莱姆太太绝望地扭动着她的黑丝围裙："因为……如果您要……那些抽屉里放着琼斯先生的私人文件，我想他不愿意……"

"啊……那么我刚刚看见的就是琼斯先生喽？"

管家的双臂垂了下来，嘴巴一张一合，却发不出声音。"您看到他了？"她困惑地低语着。简女士还没有来得及回答，克莱姆太太的手就又抬起来，捂住自己的脸部，仿佛想遮挡掉一束无法忍受的强光，或长期以来克制自己不要去看的可怕影像。她就这样捂着眼睛，飞快地穿过门厅，冲回佣人的房间。

简女士站在原地，目光追随着她的身影。然后，她的手颤抖着打开抽屉，匆忙地拿出里面所有的文件——只有很小的一捆，带着它们回到客厅。

她跨进客厅，正好看到那幅被她和斯摩戏称为"及他妻子"的画像：画中忧郁的贵妇，身着一袭低腰礼服；空洞的双眸，往常除自己的冷漠之外毫无意识，现在好像突然给唤醒了似的，盛满了痛苦。

"见鬼！"简女士嘀咕着，甩甩头，似乎想把这种荒谬的感觉甩掉，她转身走向院子里，与斯摩会合。

八

失踪的全部文件都在。他俩匆匆忙忙地把文件往桌上逐一铺开就着手整理，很快有了令人满意的结果。他们发现，实际上没有哪份文件特别重要。在林克和克罗夫特漫长的家族史中，这一小捆文件所记载的历史在档案房里浩如烟海的文件中不占有特别重要的地位。但这捆文件确实填补了这座房子编年史上的空白，证实那位忧伤的美人的确是派拉格林·温森特·色俄波特·林克的妻子，而后者也确实死于1828年阿勒莫的瘟疫，不过这已经足够引起他们的兴趣，并使简女士把打开抽屉前所发生的那件怪事抛到了脑后。

他们俩静静地坐着,井井有条地浏览着相关的信件。过了一会儿,简女士看完一页发黄的纸后,发出一声惊叹:"太奇怪了!又是琼斯先生——总有他!"

斯摩从正在整理的卷宗上抬起头来:"你也发现了。我找到一堆派拉格林写给某位琼斯先生的信,前者似乎待在国外,花天酒地,总是缺钱,赌债,很明显……啊,还有女人……整个肮脏的记录……"

"我发现的倒不是写给某位琼斯先生的,不过也与他有关,你听,"简女士开始朗诵,"贝尔斯,2月28号,1826——是那位可怜的'及他的妻子'写给她丈夫的——我亲爱的丈夫,我知道我的残疾给您带来了困扰,使我不能长久陪伴在您的身边。然而我仍不明白,我到底做错什么而使您决定让琼斯先生将我软禁起来。相信我,自我们结婚后,如果您肯多花一些时间陪伴我,您就会明白这样做毫无必要。真的,虽然病体使我不能和您交谈,或倾听这世上我最爱的人的声音,但是,亲爱的丈夫,我想让您知道,这些障碍无法阻挡我对您的思念,我的心也一样,永远期盼着您的眷顾。一个人孤零零地住在这栋大房子里,日复一日,月复一月,没有您的陪伴,除了您为我挑选的仆人外,再没有任何交际。这种生活对我而言太残酷了,比我所能忍耐得更为痛苦。我恳求琼斯先生,因为他看上去是您权威的象征,把这封信寄给您,把我最后的请求传达给您——如果这次失败的话,我将不再要求——您能否同意我认识一些朋友和邻居,我相信他们中间会有一些善良的人可怜我不幸的处境,并在我需要的时候陪伴我,给我更多的勇气以承受您总是不在的痛苦……"

简女士把信叠起来。"聋哑……啊,可怜的人!这解释了她为什么那么忧郁……"

"另外一个文件解释了这场婚事的由来,"斯摩打开一封羊皮做封面的文件,继续说道,"是苏德尼子爵夫人的婚姻财产协议。她出身卡马森郡的帕特罗家族,是奥巴第尔·帕特罗·艾斯克的女儿。她父亲拥有卡马森郡的佩芙路城堡和敦克汉的波姆湾别墅,是东印度商人、帕特罗和普雷斯特银行的主管。这笔钱约有几百万。"

"太不幸了——把这两样凑在一起,数百万的金钱和蓝色起居室的监禁。我猜她的子爵迫切需要这笔钱,又羞于让人知道它的来历……"简女士颤抖着,"想想看——日复一日,冬去春来,年复一年——不能说,不能听,孤零零地处在琼斯先生的监视之下。他们什么时候结的婚?"

"1817年。"

"仅隔一年就绘下那幅画像,那时她就有那副冷漠的表情!"

斯摩沉思道:"是很不幸。但最让人奇怪的还是这个琼斯先生。"

"他,哦,她的看守,"简女士沉思着,"我猜,看守小姐的人是这个琼斯先生的祖先,这个职位在贝尔斯庄园似乎是世袭的。"

"呃,我不知道。"

斯摩的声音如此奇特,以至于简女士抬头好奇地看着他。"如果是同一个人呢?"斯摩脸上露出古怪的笑容,提出自己的假设。

"同一个?"简女士笑了起来,"你的算术不太好吧?如果看守可怜的苏德尼子爵夫人的琼斯先生现在还活着,他已经……"

"我可没说我们的琼斯先生还活着。"斯摩说。

"噢,什么,到底……"她的声音开始发颤。

斯摩顾不上回答,女主人突然打开的房门吸引了他的注意力。乔治安娜冲进来,面如铅色,衣服凌乱,比以往更加惊慌失措。她喘着气,语无伦次地叫道:"噢,小姐……我姑姑……她不答应我。"她恐惧得结巴起来。

简女士不耐烦地叹一声说:"不答应你?为什么——你想让她答应什么?"

"确定她是否活着,小姐。"乔治安娜流着泪说。

简女士认真地看着她:"活着?活着?为什么她不该活着?"

"她也许死了——就那样直挺挺地躺着。"

"你姑姑死了?半小时前,在蓝色起居室里,我还看见她好端端的!"简女士回答着,对乔治安娜的惊惧越来越不以为然,但她突然觉得事儿不大对劲,"你姑姑躺在哪儿?"

"她的卧室,在她床上,"乔治安娜哭着说,"也不说是怎么回事。"

简女士站起来,推开面前堆积的文件,和斯摩一起匆忙向门口走去。

走上楼梯时,简女士才想起她只去过一次管家的房间,就是第一次以贝尔斯庄园主人的身份巡视整座房子的时候,她甚至记不清管家的房间在哪儿了。跟着乔治安娜走过通道,穿过一扇相连的房门,她吃惊地发现面前是一座她根本不熟悉的、用墙隔开的楼梯。楼梯的顶端是一块不大的平台,简女士和斯摩注意到平台上两扇门都开着。简女士困惑地发现,这些房间通过特制的楼梯与底下男主人的随从室相连,毫无疑问,这是男主人的心腹仆人所住的地方,而琼斯先生——那些她强行拿来的信件中所提及的那位,过去肯定就住在其中的一间。

简女士迈过门槛时,猛然想起管家试图阻止她看书桌里文件的举动。

克莱姆太太的房间,如同她本人一样,光洁、冷漠。只是她和原来不同,虽然双颊上的苹果红还在,光亮的前襟上每颗纽扣也都一丝不苟地扣着,甚至她的帽带仍然对称地垂在脸颊两侧,但的确已经死了。第一眼看过去,很难说她大张的双眼里难以形容的恐惧是源于死亡,还是源于造成死亡的原因。

简女士颤抖着,停住步子。斯摩走上前去,来到床边。

"她的手还热着……但没有脉搏。"他扫视整个房间,"哪儿有镜子？"乔治安娜畏畏缩缩地从整洁的抽屉里掏出一面梳妆镜，递给他。斯摩举起镜子，察看管家张开的嘴唇……

"她死了。"他宣布。

"噢，可怜的人！可怎么……？"简女士走近一些，半跪着，握住管家已经毫无生气的手，斯摩拍拍她的手臂，竖起一根手指无声地提醒她。乔治安娜双手捂着脸，远远地蹲在一个角落里。

"瞧，这儿。"斯摩指着克莱姆太太的喉咙低声说。简女士弯下身子，看到上面有一圈明显的红印——显然是最近才有的瘀青。她再次看着克莱姆太太可怕的双眼。

"她是被勒死的。"他低声说。

由于恐惧，简女士身子又颤了一下。她合上管家的眼睑。乔治安娜仍旧捂着脸在角落里呜咽着，身子随着呜咽声不断起伏。看来这间冷清整洁的房间里仿佛存在着一股神秘的力量，而这股力量不允许生命中存在惊喜，也不喜欢人们对沉默的过去进行探究。简女士和斯摩一言不发地盯着对方。过了很久，斯摩走向乔治安娜，拍拍她的肩膀，后者仿佛对此毫无察觉。于是，他抓住她的肩头，摇晃着，大声问道："琼斯先生在哪儿？"

女孩子抬起头来，因哭泣而变形的脸上满是泪痕，眼睛仿佛因某种不可名状的恐惧睁得大大的："噢，先生，她没有死，对不？"

斯摩用命令的语气把他的问题重复一遍,过了好半晌,她用一种几乎听不见的声音低语道:"琼斯先生……"

"孩子,振作一点。马上把他带到我们面前来,或者告诉我们在哪儿可以找到他。"

乔治安娜像以往那样顺从地移动着身子,试图站起来。她抬起肩膀,步履不稳地倚在墙上,斯摩严厉地责问她是否听见了他的话。

"哦,可怜的人,她太难过了……"简女士同情地插上一句,"告诉我,乔治安娜,我们在哪儿可以找到琼斯先生?"

女孩子转向她,眼睛同她死去的姑母一样呆滞无神。"您不可能找着他。"她缓缓说道。

"为什么?"

"因为他不在这儿。"

"不在这儿?那么,他在哪儿?"斯摩插了一句。

乔治安娜仿佛没有注意到斯摩打断了她的话,继续盯着简女士,眼睛盛满和克莱姆太太同样的恐惧。"琼斯先生躺在教堂的墓地里——这么多年以来一直这样。比我出生还早得多……我姑姑自己都没有见过他,即使在她很小的时候……这就是让人害怕的地方……她不得不按他的吩咐去做……因为你甚至无法跟他顶嘴……"她恐惧的眼神从简女士移到姑母僵硬的脸庞和呆滞无神的瞳孔上,"您不该动他的文件,

153

小姐……这就是琼斯先生对姑姑的惩罚……一旦涉及那些文件,他甚至不听人的辩解……琼斯先生不会……"突然,乔治安娜伸出双臂,挺直身子,扑倒在斯摩脚下,昏了过去。

做 局

一

  显然,从韦默来的雪橇还没到,从波士顿来的这位年轻旅客冻得发抖。他原指望在诺思里奇车站一下火车就跳上雪橇,可没想到竟孤独一人站在露天的站台上,忍受黑夜和寒冬的全面侵袭。

  狂虐的寒风来自新罕布什尔雪原和挂满冰溜的森林。狂风已横扫千里,茫茫雪原充满冰冷的呼号。它挥舞着锐利的冰刀杀向寒苦的点缀着黑乎乎树木的白色雪原;它如同利箭,隐秘地搜寻着目标,像斗牛士那样,时而旋转斗篷,时而刺出手中的长矛,一次次地欺骗和折磨它的受害者。这种比拟令年轻人深深意识到这样一个事实:他自己没有斗篷,而穿在身上的大衣虽能抵挡波士顿相对温和的空气,但在诺斯里奇这毫无遮蔽的高地上却如同薄纸一张。乔治·法克森对自己说,这块地方倒是取了个难得的好名字(注:诺思里奇的英文意思为北脊)。法克森紧靠裸露的立柱,俯瞰着山谷,那就是火车拉他上来的地方。寒风用钢一般的利齿梳理着诺思里奇车站,他仿佛真的听见狂风撕扯站台木板的声音。这里没有其他建筑:村子远在路的尽头,而要到那里——由于韦默的雪橇还没到——法克森发觉,自己不得不面对几英尺深的雪地。

他完全明白是怎么回事:肯定是女主人忘记了他要来。虽然法克森的年纪不大,但长期的生活经验已让他获得这种可悲的感悟。他知道,一个几乎没有钱租赁马车的客人往往是主人容易忘记的对象。然而,说卡姆太太忘掉可能过于武断。类似的遭遇告诉他,她很可能已告诉她的男管家打电话通知马夫,如果没有其他人需要他的话,就到诺思里奇车站去接新秘书。但在这样的夜晚,哪一个懂得自我保护的马夫会将这种苦差事放在心上呢?

显然,法克森别无选择,只能挣扎着穿过雪路,走到村头,然后再设法寻找雪橇,把自己送到韦默。然而,如果他赶到卡姆太太家时,根本没人理会他忠于职守而付出的代价,不是白辛苦了?他已用高昂代价学会避免这种徒劳。灵感告诉他较省心的办法是在诺思里奇的旅馆过夜，再用电话通知卡姆太太他已到达。他打定主意，刚要把行李托给一位手执提灯、面容不清的人，突然，铃声唤起了他的希望。

两辆雪橇正向车站飞驰而来，从前面一辆跳出一个裹着皮衣的小青年。

"韦默？不，不是韦默的雪橇。"

这是跳到站台上的小伙子说的话——声音非常悦耳，不管话的内容如何，法克森听着都感到欣慰。就在这时，站台上一缕昏暗的灯光照在说话人身上，法克森看出他的相貌与声音极为协调。他肤色白皙，十分年轻——几乎不到二十岁——可这张脸，尽管精神饱满，却还是有点儿太瘦、太细，好像在他身上，青春的活力正与肉体的虚弱进行着抗争。也许法克森比其他人更容易注意到这种微妙的平衡，因为他自己的情绪也挂在微微沮丧又失望的脸上，然而，他相信自己绝对不会失去正常的理智。

"你指望韦默来辆雪橇？"年轻人继续说道。他站在法克森的身边，看起来就像一根纤弱的皮棍子。

法克森坦言自己的难处，可听话人对此毫不注意，只用轻蔑的口吻说了句："哦，卡姆太太！"这倒一下子拉近了两人之间的距离。

"那么你一定是……"小伙子突然停住，带着询问的微笑。

"新秘书？对。可是今晚显然没有要回复的函件。"法克森的笑声加深了两人之间迅速建立的默契感。

他的朋友也笑了。"卡姆太太,"他解释道,"今天我在舅舅家吃的午饭,她提到过你今晚要到。可对于卡姆太太来说,七个小时的时间太长,她很难再记住什么事情。"

"好吧,"法克森宽容地说,"我想这就是她为什么需要秘书的原因之一。看来我肯定要在诺思里奇住小旅馆喽。"他得出结论。

"哦,可你现在住不成啦!旅馆上个星期给大火烧毁了。"

"真见鬼!"法克森说。这种尴尬的境遇给他带来的,首先是打击,然后才是不便。在过去的几年里,他的生活总是伴随着一次次的适应又放弃,而他在实际对付这些尴尬窘境之前,已首先学会从中汲取一点点乐趣。

"哦,不要紧的,那儿一定有可以收容我的人。"

"可没有你可以容忍的人。再说,诺思里奇离这儿还有三英里路,而我们的住所——在相反的方向——倒是更近一些。"透过黑暗,法克森看见他的朋友摆出一副自我介绍的架势,"我叫弗兰克·雷纳,和我舅舅一起住在欧弗代尔。我驾车过来接舅舅的两个朋友,他们从纽约来,几分钟后到站。如果你不介意再等他们一会儿的话,我敢肯定,欧弗代尔会比诺思里奇对你更有好处。我们从城里来,只想在这里待几天,不过那幢房子随时可以接待许多人。"

"可你舅舅……？"法克森只能推托。但进退两难中他产生了一种奇怪的感觉，这样的推托在他这位朋友的言辞面前根本不堪诱惑。

"哦，我舅舅——你会见到！我能担保！我敢说你肯定听说过他——约翰·拉文顿。"

约翰·拉文顿！问某人是否听说过约翰·拉文顿确实有一点嘲弄意味！就连像卡姆太太的秘书这样地位卑微的人，对有关约翰·拉文顿的财产、照片、政见、善举和好客的传闻，都如同高山荒原中瀑布的轰鸣声，如雷贯耳。几乎有人会说，唯一可能碰不到他的地方就是像现在这样的荒僻之地——至少是在这种了无人烟的深夜时分。然而，即使在此地此时，依然有人提到约翰·拉文顿的名号。

"噢，是的，我听说过你舅舅。"

"这么说，你愿意来了，是吗？我们只要等五分钟。"年轻的雷纳催促道，语气中全然不理会别人的犹豫。法克森随和地接受了邀请，简单得就像雷纳提出建议时一样。

从纽约来的火车晚点，五分钟的等待变成十五分钟。当他们在结冰的站台上踱步时，法克森开始明白，为什么答应他新朋友的建议似乎是世界上最自然而然的事情。这是因为，弗兰克·雷纳属于那种享有特权的人，他们通过渲染信任和善意幽默的气氛，简化了人与人的交往方式。法克森注意到，雷纳是利用自己的青春而不是礼物、真诚而不是手腕,达到这种效果的。这些品质展现在他如此甜美的笑容之中,就连法克森自己也平生第一次有这样的感觉:大自然造化人类时,将面孔与大脑相配得多么神奇啊!

他了解到这小伙子是约翰·拉文顿的被监护人,也是他唯一的外甥。自从他母亲、拉文顿先生的妹妹过世后,他就生活在拉文顿先生的身边。雷纳说,拉文顿先生已成为他的"主心骨"——"可你知道,对任何人来说,拉文顿先生都是他们的主心骨"——而事实上,这位小伙子的境况似乎与他的身体有着全然的联系。显然,始终笼罩在他身上的唯一阴影就是他身体的虚弱,这一点法克森早就察觉到了。雷纳一直受着肺结核的威胁,而且病情已发展到严重的地步,按照最高权威的说法,他必须被送到亚利桑那或新墨西哥去。"但幸运的是,我舅舅没有像大多数人那样打发我走,而是听从了另一个人的建议。谁呢?哦,一位绝顶聪明的家伙,一个有许多新思想的年轻医生,他对于把我送走的做法简直感到好笑,说我只要不在外面吃饭太多,再常常到诺思里奇呼吸一点新鲜空气,就是待在纽约也可以恢复得很好。所以,我没有遭到放逐真是我舅舅的功劳——自从那位新伙计告诉我不必烦恼以来,我感觉真的好多了。"雷纳接下来承认他非常喜欢在外面吃饭,参加跳舞和类似的消遣活动。法克森听他这么一说,也倾向于认为,那个不让他完全断绝这些娱乐活动的医生,很可能是一位青出于蓝而胜于蓝的心理学家。

"你知道,无论如何你应该小心才是。"兄长般的关怀促使法克森在说出这句话时,胳膊也滑入雷纳的臂肘。

雷纳用臂肘的压力对此举动做出反应。"哦,是的。绝对正确,绝对正确。再说,我舅舅又这样盯着我!"

"你舅舅这样盯着你,你却在这犹如西伯利亚的荒郊野外喝西北风,他会怎么说呢?"

雷纳用心不在焉的姿势把皮衣领子拉上来。"这倒没关系——寒冷对我反而有好处。"

"也跟吃饭和跳舞无关?那么与什么有关呢?"法克森婉转地坚持道。对此他的伙伴用笑声做了回答:"好吧,我舅舅说这些都腻味了。不过我倒认为他是对的!"

他的笑声引起一阵痉挛性咳嗽和喘气,扶着他胳膊的法克森赶紧把他领入没有生火的候车室里避风。雷纳跌坐在靠墙的板凳上,脱掉一只皮手套去摸手帕。他把帽子扔到一边,将手帕抹过前额。尽管这时他的脸看上去依然健康,可前额却非常苍白,沁满了汗珠。但法克森敏锐的目光却始终没有离开他裸露出的手指:那么瘦长,那么苍白,那么乏力,与他的额头相比显得过于苍老。

"奇怪——健康的脸蛋却垂死的手。"法克森沉思道,不知怎么的,他希望小雷纳还是戴着手套好。

列车的汽笛声令两个年轻人站立起来，紧接着，两位穿着厚皮大衣的先生已走到站台上，正面对着夜晚凛冽的寒风。弗兰克·雷纳介绍他们是格里斯本和巴尔奇先生，而法克森，在他们的行李被搬进第二辆雪橇时，借助晃动着的微弱灯光，看出他们是一对上了年纪的灰头发老人——通常属于那种有钱的商人。

他们用友好亲近的口吻向主人的外甥打招呼，而格里斯本先生，好像是他们俩的发言人一样，以一句"还有许多人呢，亲爱的孩子！"结束了他的问候，这使法克森想到他们的到达是为了某个周年纪念日什么的。可他不方便打听，因为派给他的位置是在马夫的旁边，而弗兰克·雷纳则与雪橇内他舅舅的朋友在一起。

雪橇疾驰，坐在人们可以确信约翰·拉文顿这样的人才会拥有的好马后面，他们被带到高大的门柱前面，门房内灯火通明，光滑的大理石铺成的林荫道上，积雪已被铲除。在林荫道的尽头，隐隐显出一长排房子，主楼黑乎乎的，但侧房却射出一道欢迎的光芒。展现在眼前的景象使法克森立即产生一种温暖和光明的强烈感觉：温室植物、匆匆忙忙的仆人、舞台布景一样富丽堂皇的橡木大厅和中间那个身材矮小的人物。他衣着端正，容貌平常，完全没有概念中的大人物约翰·拉文顿那样华贵。

这种反差所带来的惊讶始终残留在法克森脑海之中，直到他被领进一间宽敞的豪华卧室里匆匆换好衣服。"我弄不明白拉文顿从哪里进来的"是他唯一能表达的方式，法克森怎么也无法将拉文顿在公众形象中的勃勃生气与眼前这位主人的小家子气模样和举止扯在一起。雷纳很快向拉文顿先生解释完法克森的情况，拉文顿先生用一种平淡做作的热情欢迎他的到来，不过这种态度倒是与他狭小的脸、僵硬的手和晚会手帕上那股气味恰好般配。"别拘束——别拘束！"他反复说道，那种语气使人想到，他是在客人身上全力表演出自己的热情，"弗兰克·雷纳的任何朋友……真高兴……随意点！"

二

尽管法克森的卧室十分暖和，设施也很齐全，但做到随意却不太容易。能在欧弗代尔富有的家里过夜实在很幸运，他充分体会到了身体的满足。然而，这里虽拥有独具一格的舒适条件，却还是冷漠得奇怪，甚至令人讨厌。他说不出为什么，只能猜想，肯定是因为拉文顿先生热烈的个性——虽然没有积极意味，可还算热烈——已不知不觉地渗透到寓所的每一个角落。或许只有法克森自己深深陷入寒冷之中，直到进屋才知道原来已经又累又饿；或许只是自己对所有陌生屋子的厌恶感觉，再说还得没完没了地爬着别人家的楼梯。

"但愿你没饿坏吧?"雷纳细长的身影出现在门口,"我舅舅有点公务,要和格里斯本先生一起处理,我们半小时以后吃饭。是我带你去,还是你自己找到下楼的路?直接到餐厅来吧——长廊左边第二个门。"

他走了,留下一丝暖意。法克森松了口气,点上一支烟在火炉旁坐下。

他不再那么匆忙地环视一下四周,被先前忽视的细节吸引住了。屋里摆满了花——只不过是个"单身房间"而已,又在仅打开几天的侧房里,在新罕布什尔的寒冬腊月中!花到处都是,但不是毫无目的的铺张,而是匠心独运,与大厅中盛开的灌木有相映成趣之美。一瓶海芋立在写字台上,一束奇形怪状的石竹放在身旁的架子上,玻璃缸和瓷盆中,一簇簇小苍兰球茎散发出温馨的香味。这景致让人联想到千里草原——可正是最没趣的地方。花的本身、花的质地、花的挑选和布置都表现出某个人——谁呢?约翰·拉文顿吗?——对一种特殊形式的美过于讲究和敏感。说真的,这个人简直让法克森越发难以理解。

半个小时过去了。想到饭桌上的美味佳肴,法克森欣喜难抑,动身向餐厅走去。他刚才跟着别人走进房间,没有注意方向,而现在离开时,却发现眼前居然有两个楼梯,看上去同样重要。他困惑了。他选择了右边一个,在底层有一条长廊,与雷纳描绘的一样。长廊是空的,从头到尾,所有的门都关着。但雷纳说过"左边第二个",于是法克森不由自主地停下脚步,将手放在左边的第二个门把手上。

他走进一间方屋子,灰暗的墙上挂着画像。拉文顿先生和客人们围坐在中间一张桌子旁边,桌上有一盏带罩子的灯。法克森想象他们早就吃饭了,却发现桌上摆的不是菜肴而是文件。他似乎已经错进了主人的书房。就在他停住脚步时,弗兰克·雷纳抬起头来。

"哦,法克森先生来了。为什么不请他……?"

坐在桌子尽头的拉文顿先生公正仁慈地瞥了一眼,与他外甥一样堆满笑容。

"当然可以。进来,法克森先生。如果你认为这不是冒昧的话……"

坐在主人对面的格里斯本先生把头转向门口。"法克森先生当然是美国公民喽?"

弗兰克·雷纳大笑起来。"好啦!……哦,不,不是你那种尖头笔,杰克舅舅!你不是有一支鹅毛笔吗?"

巴尔奇先生说话慢慢吞吞,好像不大情愿,嗓音压得很低,几乎不出声。他举起手说:"等一等,你承认这是……?"

"我的最终意愿和遗嘱?"雷纳的笑声加大了,"好吧,我不敢担保是'最终的'。但起码是第一个。"

"这不过是程式而已。"巴尔奇先生解释道。

"好了,开始吧。"雷纳将鹅毛笔在拉文顿先生推过来的墨水台里蘸了蘸，堂而皇之地在文件上签下他的大名。

法克森明白他们指望他干什么，猜想小伙子正在签署到达法定年龄时的遗嘱。雷纳将自己排在格里斯本先生后面，等待他在文件上签名。雷纳签完名，正要把文件推给桌子对面的巴尔奇先生，后者却又举起手，好像惨遭囚禁而万分悲伤似的说道："印章呢？"

"哦，一定要印章吗？"

法克森的目光越过格里斯本先生，落在约翰·拉文顿的身上。拉文顿先生面无表情，眉头微皱。"真的，弗兰克·雷纳！"法克森感觉，他似乎被外甥的草率言行稍稍激怒。

"谁有印章？"弗兰克·雷纳瞥一眼桌子四周，继续说道，"好像一个印章也没有。"

格里斯本先生插话了："干胶片也行。拉文顿，你有干胶片吗？"

拉文顿先生已恢复常态："哪个抽屉中肯定有一些。可是，真不好意思，我不知道秘书把这些东西放在哪里了。他要保证发文件时贴上干胶片的。"

"哦，该死……"弗兰克·雷纳将文件推到一边说，"肯定是老天作怪——我都快成饿狼了。咱们还是先吃饭吧，杰克舅舅。"

"我想我楼上有印章。"法克森说。

拉文顿先生送给他一个几乎感觉不到的笑容："真对不起，给你添麻烦了……"

"哦,我说,别让他现在去找。咱们等到饭后再说!"

拉文顿先生仍然冲着法克森微笑,笑容中好像带着强迫意味,法克森不得不转身走出房门,跑上楼去。他从文具盒里取出印章后再下来,又一次打开书房的门。他进去时没人说话——他们显然在等他回来,饿得心里有说不出的着急。他把印章放到雷纳可以够得着的地方,然后站到一旁。格里斯本先生划着火柴,点燃墨水台侧面的蜡烛。当蜡油滴在文件上时,法克森再次注意到,雷纳拿文件的那只手奇怪地消瘦,过早地干瘪。他纳闷拉文顿先生是否曾注意到他外甥的手,为什么他看到这只手不感到心碎?

脑中带着这样的想法,法克森抬起眼睛,看着拉文顿先生。这位大人物的目光始终不离开弗兰克·雷纳,表情平静慈祥。就在这时,屋里的另一个人引起了法克森的注意。这人一定是在他上楼找印章时进来的,年纪和体形跟拉文顿先生相仿,就站在拉文顿先生的椅子后面。法克森第一眼看到他时,他正以同样的注意力盯着雷纳。他与拉文顿先生相似——桌上的灯带罩子,使椅子后面的人处在阴影中,也许更增强了相似程度——加上表情的对照,越发让人张口结舌。约翰·拉文顿看到外甥笨手笨脚地滴蜡、盖章的样子,颇感好笑,始终全神贯注地盯着他;椅子后面的人,奇怪地重叠出拉文顿先生的容貌和体形轮廓，一张苍白、敌意的脸冲着小伙子。

此情此景触目惊心，法克森忘掉了身边正在进行的一切。他只隐隐约约知道雷纳在叫："不……不，法克森先生先来。"随后笔就递到法克森手里。他接过笔，感到动弹不得，甚至搞不清他要做什么，直到格里斯本先生像父亲一样指出法克森应签名的准确位置。他努力集中注意力，稳住手指，可还是拖延了签字的时间。站起来时，他奇怪地感到四肢无力，拉文顿先生椅子后面的人影已无影无踪。

法克森立刻松了一口气。可令人困惑不解的是，那人竟然走得如此迅速无声。拉文顿先生背后的门有挂毯挡着，法克森推断，那位陌生的旁观者只有撩起它才能出去。然而不管多么快，他毕竟走了，挂毯也撩起来了。雷纳在点烟，巴尔奇先生在文件末尾签名，拉文顿先生——眼睛不再盯着外甥——正在查看身旁的花瓶里奇形怪状的白翼兰花。一切似乎再次变得自然而简单，法克森自己微笑着回应主人和蔼可亲的姿态。主人宣告："法克森先生，我们吃饭吧。"

三

"我奇怪刚才怎么会走错房间，我记得你告诉过我走左边第二个门。"法克森对弗兰克·雷纳说。他们跟在年纪大一些的人后面，走出长廊。

"我是这么说的,但我可能忘了告诉你走哪个楼梯。从你卧室过来,我应该说右边的第四个门。这房子有点让人搞不清,我舅舅一年一年不断添加。去年夏天他建了这间房子,放他的现代画。"

雷纳停下来,打开另一个门。他按了一个电钮,长屋四壁立刻亮起一圈灯光,屋里挂着法国印象主义流派的油画。

法克森被一张闪闪发光的莫奈画像所吸引。他走上前去,可雷纳的手拉住了他的胳膊。

"这张是舅舅上个星期买的。不过,快走吧——吃完饭我会带你来看所有的画,更确切地说,他会带你来——他很热爱画。"

"他真的热爱吗?"

雷纳瞪大了眼睛,显然对此问题感到不可思议。"当然!尤其是花和画!你没注意到那些花吗?我想你可能认为他的态度很冷,起初似乎是这样,可他确实非常热爱花和画。"

法克森迅速地看了一眼雷纳。"你舅舅有兄弟吗?"

"兄弟?不,从来没有。他和我母亲是仅有的孩子。"

"或者,有什么亲戚——看上去很像他?可能会被误认为是他?"

"就我所听说的,没有。难道他使你想起什么人吗?"

"是的。"

"太离奇了。我要问问舅舅,是不是有与他长得极其相像的人。快!"

但又一张画吸引住法克森，几分钟后他才和年轻的主人来到餐厅。房间很宽敞，有着同样漂亮的家具和组合精致的鲜花。法克森一眼就看到餐桌周围只坐着三个人。拉文顿先生椅子后面站着的那个人不在，而且也没有座位留给他。

两个年轻人进来时，格里斯本先生正在说话。拉文顿先生面朝大门坐着，正低头瞧着没碰一下的汤盆，转动干枯小手中的汤匙。

"说是谣言已经太晚——我们今天早晨离开城里时，已接近事实。"格里斯本先生说道，语气意想不到地尖锐。

拉文顿先生放下汤匙，微笑中带着疑问："哦，事实——什么是事实？只不过是在特定的时刻，事物正好表现出的方式而已……"

"你没从城里听说什么？"格里斯本先生固执地说。

"一个字都没有。所以你瞧……巴尔奇，再来点儿小锅汤。法克森先生……请坐在弗兰克·雷纳和格里斯本先生中间。"

晚餐上了一道又一道菜，复杂得令人搞不清楚。出于客套，由高级教士似的男管家分发，三位高个儿男仆陪同。拉文顿先生显然从宴席中得到某种满足。法克森意识到，很可能这就是他包装自己盔甲的方式——好客和鲜花。两个年轻人进来时，他马上改变话题，陡然而坚决，但法克森还是察觉到，刚才的话题仍旧左右着两位年长客人的思维。没多久，巴尔奇先生就评论道："如果它确已到来，将是93年以来最大一次下挫。"说话的声音似乎出自矿井下最后一个生还者。

拉文顿先生看起来已感到厌烦，但依然彬彬有礼："华尔街可以比93年时更好地顶住跌落。它已建立一套更强健的体制。"

"是的，可是……"

"说到体制，"格里斯本先生插了进来，"雷纳，你一直在照料自己吗？"

雷纳的脸颊漾起了红晕。

"噢，当然喽！这不是我到这儿来的目的吗？"

"你这个月来了大概三天，是不是？其他时间就泡在城里拥挤不堪的饭店和热烘烘的舞厅里。我早就认为该把你遣送到新墨西哥去。"

"哦，我有个新医生说那很荒唐。"

"好了，你的样子证明你的医生说得不对。"格里斯本先生直言不讳地说。

法克森看见，小伙子脸上的红晕消退，愉悦的眼睛四周，黑圈加深。与此同时，他舅舅重新注意雷纳，凝视的目光中充满深切的焦虑，似乎要在外甥和格里斯本先生之间猛然建起一道屏障，抵挡格里斯本先生毫无掩饰的盘问。

"我们倒认为雷纳大有好转，"拉文顿先生开始说道，"这位新医生……"

男管家走上前来，躬身在他耳朵边轻声说了句话，这使拉文顿先生的表情突然变化，脸上自然毫无血色，与其说是苍白不如说是褪色，褪变成一种模糊不清、没有颜色的东西。他半抬起身子，又坐下来，向桌子四周投去僵硬的笑容。

"请原谅，我有个电话。彼得斯，继续吃饭。"他迈着刻板的小碎步，从男仆急忙打开的门里走了出去。

片刻的寂静降临在这帮人身上。格里斯本先生又一次跟雷纳说话："你应该去，我的孩子，你应该去。"

焦急的目光回到小伙子的眼中："我舅舅可不这么认为，真的。"

"你不是婴儿，总是受你舅舅观点的支配。你如今长大成人了，是不是？你舅舅把你宠坏了……这就是问题所在……"

这句话显然击中了要害，雷纳苦笑一声，眼皮耷拉下来，脸上露出一丝红晕。

"可医生……"

"想想常识，雷纳！二十个医生才有一个可以告诉你想听的话。"

恐惧的神色遮住了雷纳的快乐神采。"哦，得啦，我说……要是你们会怎么做？"他结结巴巴地说。

"收拾行李，跳上头班火车。"格里斯本先生向前探过身子，把手亲切地放在小伙子的胳膊上，"听我说：我侄子吉姆·格里斯本正在那里大规模地经营牧场。他愿意接纳你,也乐意让你加入。你就说,你的新医生认为这对你没好处,可他也不会假装说这对你有害,是不是?那么,好吧,就试一试。起码会让你摆脱热烘烘的戏院和夜排档,以及其他所有事情……嗯,巴尔奇,你说呢?"

"当然去!"巴尔奇先生声音空洞地说,"马上就去!"他补充道。他走过来,看一眼小伙子的脸,似乎深感有必要支持他的朋友。

雷纳的脸色变得灰白,他努力想从嘴角挤出一丝笑容:"我看上去这么差吗?"

格里斯本先生正动手吃甲鱼。"你看上去就像地震后的日子。"他说。

甲鱼在桌上转了一圈,拉文顿先生的三位客人不慌不忙地享用着。法克森注意到,雷纳的盘子一点没动。这时,门被撞开,主人重新进来。

拉文顿先生已恢复镇静。他走进来坐下,拿起餐巾,审视着金字菜单。"不,不要肉片……来点儿甲鱼,对……"他和蔼地环视桌子,"很抱歉,把你们丢在这里,我等了好久才接通。一定是暴风雪。"

"杰克舅舅,"雷纳突然大叫道,"格里斯本先生一直在教训我。"

拉文顿先生正动手吃甲鱼:"啊——教训什么?"

"他觉着我该去新墨西哥试一试。"

"我想让他直接到我圣帕兹的侄子那儿去,在那儿待到明年生日。"拉文顿先生示意男管家把甲鱼递给格里斯本先生。格里斯本先生第二次动手吃甲鱼时,再次跟雷纳说话:"吉姆现在已到纽约,后天坐奥利芬特的私人轿车回来。如果你愿意去的话,我会要求奥利芬特把你捎上。你在那儿待上两个星期,整天骑马,每晚睡九小时。我想,到时候你就不会多想那个给纽约人开药方的医生了。"

不知道为什么,法克森也大胆地开腔说:"我去过那儿,美极了。我看到一个小伙子——哦,病得很重——他原先只不过是给病魔压垮了。"

"听起来倒很有趣。"雷纳笑道,语气中突然有一种渴望。

他舅舅温柔地看着他:"也许格里斯本是对的。倒是个机会……"

法克森吃惊地往上一瞥:书房里隐约看见的人影,现在更清楚地站在拉文顿先生的椅子后面。

"对,雷纳,瞧你舅舅批准了。同奥利芬特一起走,不能错过。扔下那些饭局吧,后天五点钟到格兰德中心等候。"

格里斯本先生文雅、灰暗的目光寻求着主人的进一步认可。法克森感到惴惴不安、胆战心惊。他一边瞥向拉文顿先生,一边继续注视着格里斯本先生。只要你看着拉文顿就不可能看不到他背后存在的东西,而且显然,格里斯本先生表情的骤然变化,一定会给法克森提供证据。

然而,格里斯本先生的表情没有变化:凝视主人的目光依旧泰然自若,提供的证据也不是那种见到另一个人影的惊人反应。

法克森的第一个冲动是挪开目光，看别的地方，求助于男管家早已倒满香槟的酒杯。可是在他体内，致命的诱惑力与势不可挡的肉体抵抗力展开了较量，他的眼睛最终并没有离开他害怕看到的地方。

人影依然站在拉文顿先生的背后，更加清楚，因此也更加相像。在拉文顿先生继续深情地凝视外甥的同时，那个人影一如既往地死盯着雷纳，眼中充满威胁。

法克森好像肌肉扭伤一样，从看到的情景中挪开目光，扫视着桌子四周其他人的面部表情。然而，没有一个人对他见到的情景有丝毫反应。一种极度的孤独感在他心头油然而生。

"当然值得考虑……"他听到拉文顿先生继续说道。由于雷纳的脸色又亮起来，椅子后面那张脸上的表情，好像凝聚着往日的一切不满和愤恨似的。随着时间一分一秒地流过，法克森越来越看清这一点。椅子后面的人已不再仅仅眼含恶意，而是突然间有种说不出的厌恶。他的愤恨，似乎要从他自己事业受挫、希望破灭的心灵最深处喷涌而出，使他显得更可怜，也更可悲。

法克森的目光回到拉文顿身上，好像要在他身上捕捉到同样的变化。起初没看见什么：毫无表情的脸上挤出一丝笑容，就像粉刷一新的墙上挂着一盏煤气灯。接着，僵硬的笑容成了不祥之兆：法克森发现他害怕失去笑容。显然，拉文顿先生也同样变得有说不出的厌恶。

法克森感到一股寒流涌入血管，他低头看着没有动过的盘子，发现香槟酒杯闪着光亮，令人垂涎，可他看到酒，却感到恶心。

"好吧，我们一会儿细谈，"他听到拉文顿先生说，还是关于他外甥前途的问题，"先抽支雪茄。不……不在这儿，彼得斯。"他将笑容转向法克森，"喝完咖啡后，我想带你看看我的画。"

"哦，顺便说一句，杰克舅舅——法克森先生想知道，您是否有个极其相似的人？"

"极其相似的人？"拉文顿先生仍然笑着，继续对他的客人说，"据我所知没有。你看到了，法克森先生？"

法克森想："天哪，如果我现在朝上看，他们俩都将看着我！"为了避免抬头，他假装把酒杯举到唇边，可手却不由自主地垂了下来。他还是抬起眼睛。拉文顿先生彬彬有礼地看了他一眼，而当法克森看到椅子后面的人影仍旧盯着雷纳时，心头的紧张情绪稍微放松了一点。

"你觉得看到过与我极其相似的人吗，法克森先生？"

如果回答看到过的话，另一张面孔会转过来吗？法克森感到喉咙发干。"没有。"他回答道。

"啊？其实可能有一堆人和我相像。我相信，我长相极为平常。"拉文顿先生不大乐意地接着说道。那张脸仍然注视着雷纳。

"这是……误会……记忆混乱……"法克森听到自己结结巴巴地说。

176

拉文顿先生退回椅子。就在这时,格里斯本先生突然向前探过身子。

"拉文顿!我们在想什么啊?还没有为弗兰克·雷纳的健康干杯呢!"

拉文顿先生重新坐下。"亲爱的孩子!……彼得斯,再来一瓶……"他转向外甥,"我疏忽了,真是罪过。我不敢再亲自提议干杯……但雷纳知道……你来吧,格里斯本!"

舅舅的话使小伙子脸上露出光彩:"不,不。杰克舅舅!格里斯本先生不会介意的。今天……非你莫属!"

男管家正重新斟酒,最后给拉文顿加满。拉文顿先生伸出小手,举起酒杯……这时,法克森的目光转向一边。

"那么,好吧……过去几年中,我已将一切美好的祝愿送给你……现在,我祈祷来年健康、幸福,还有许多……许多,亲爱的孩子!"

法克森看到周围的手都伸出来拿酒杯,也下意识地伸手拿自己的。他两眼还是停在桌上,反复用颤抖的声音强烈地告诫自己:"不要往上看!不要……不要……"

他五指紧握酒杯,举到唇边。他看到其他人的手做着同样的动作,听到格里斯本先生亲切地说道:"说得好!说得好!"以及巴尔奇先生空洞的附和声。当酒杯碰到嘴唇时,他对自己说:"不要往上看!我发誓不会!……"

然而，他还是看了。

酒杯太满了，他费了九牛二虎之力才将酒杯托在嘴边，悬空不动，滴酒不漏，然后再放下酒杯，搁到桌上，一口也没敢喝。正是这种聚精会神才仁慈地救了他，使他一直没有叫喊出来，没有抓不住杯子，没有滑入朝他张开大口的无底黑暗之中。只要酒杯的问题纠缠住他，他就能够守住座位，驾驭肌肉，与这帮人协调一致。可是，当酒杯碰到桌子时，他的最后一根安全神经绷断了。他站起身来，冲出房门。

四

在走廊里，自卫的本能使他转身向雷纳示意不要跟着。他结结巴巴地说了些有点头晕、一会儿再过来之类的话。小伙子同情地点点头，退了回去。

在楼梯脚，法克森撞见一个仆人。"我想给韦默打个电话。"他用发干的嘴唇说道。

"对不起，先生，线路全断了。前面一小时，我们一直试图为拉文顿先生再次接通纽约。"

法克森飞也似的冲进他的房间，闩上房门。灯光照在家具、花和书上；炉灰中，一根干柴还在发光。他瘫倒在沙发上，把脸埋起来。屋内一片寂静，整幢房子没有一丝动静。身边的一切，与他逃离的屋子里暗中悄悄发生的事情，没有一点联系。他蒙上眼睛，似乎忘掉一切，不再提心吊胆。然而，这种感觉只停留了片刻。他睁开眼睛，再次见到那恐怖的一幕；它已被摄入瞳孔，铸进躯体，留存大脑，成为身体的一部分，永远涂抹不掉。但是，为什么会进入他的身体——只有他的？为什么单单选中他一个人看到这一切？这跟他有什么关系，老天爷啊！换上另一个受到同样启示的人，可能会揭露并战胜恐怖。可是他，一个手无寸铁、毫无防范能力的旁观者，即便揭示出他所知道的一切，也不会有人相信或理解——却偏偏被选中，成为参与这一幕的牺牲品！

突然，他坐起来，竖起耳朵。楼梯上有脚步声，无疑，有人过来看他怎么样了——如果感觉好一些的话，催他下楼跟那些烟鬼在一起。他小心谨慎地打开门，没错，是雷纳的脚步。法克森沿过道看去，想起另一个楼梯，便飞快地冲了过去。他想做的一切就是逃出这幢房子，他不愿再多吸一口这里恶心的空气！这跟他有什么关系，老天爷啊！

他走到下一层走廊的另一头，走廊再过去就是他刚才步入的大厅。大厅没人，他在一张长桌上认出自己的外套和帽子，穿上外套，打开门闩，投入空气清新的夜幕中。

四周一片漆黑，剧烈的寒冷使他一时间停止了呼吸。他发觉雪不大，于是下定决心逃跑。他顺着林荫道旁的树木，大步流星地走在积雪的路上。走着走着，杂乱的大脑渐渐平静下来。尽管逃跑的冲动还在驱使他前进，但他开始觉得，逃跑的原因是自己臆造的恐惧，而最紧要的理由，是必须掩盖他那副样子，躲避别人的眼光，直到找回心理平衡。

漫长的几小时里，他陷入一连串毫无结果的胡乱猜想之中，眼前的境遇使他垂头丧气。他想起，当时韦默的雪橇没来接他时，他的痛苦如何变成恼怒。当然，这很荒唐；但是，尽管他因卡姆太太的健忘与雷纳开玩笑，可他承认是以巨大痛苦为代价的。这是他无根无基的生活导致的，由于社交上缺乏私人关系，他已到了对区区小事也如此敏感的地步……是的，敏感，加上寒冷、疲惫、失望和缠绕心头的饥饿感，这一切使他濒临于危险边缘，曾有一两次，惶恐的大脑神经几乎崩溃。

凭借任何可以想象得到的人鬼逻辑来推理，为什么偏偏选中他，一个陌生人，遭遇这种经历？对他来说，这意味着什么？跟他有什么相干？与他的境况有什么联系？……除非，正因为他是陌生人——在哪儿都是陌生人——没有私人关系，没有自我保护的温暖屏障来掩护自己而不暴露，他才对别人的兴衰沉浮产生变态的敏感。想到这里，他不寒而栗，不由自主地站了起来。不！这样的命运太可恶，他强壮的体魄和健全的理智根本不接受。宁可千万次承认自己病了，错乱了，弄错了，也不要承认自己是这种警告的注定牺牲品！

他来到大门口，在黑着灯的门房前停下脚步。狂风肆虐，将雪吹向他的面孔。寒冷再一次将他攥在手中。他站在那儿，动摇不定了。

该回去让理智接受考验吗？他转身，向通往大楼的黑乎乎车道看去。一束光线透过树丛照射下来，唤起一幅画面：有灯、有花，还有聚集在恐怖房间的一张张面孔。他毅然掉头冲上公路……

他记得，大约离欧弗代尔一英里远，车夫指出一条通向诺思里奇的路。于是，他开始朝那个方向走。刚一上路，大风就扑面而来，胡子和睫毛上湿漉漉的雪立刻结成冰，好像无数把冰刀一样扎向他的喉咙和双肺。但是，他还是奋力向前，温暖卧室里的景象始终追随着他。

路上的积雪很深，起伏不平。他时而跨过坎坷，时而陷入雪堆，狂风就像锋利钢针一样向他袭来。他不时地歇下来喘气，仿佛有一只无形的手将钢带缠在他的身上，勒得他喘不过气来。然后他再坚定勇气，顶着刺骨的寒冷，继续前进。大雪不停地从黑沉沉的夜幕中落下，有两次他停住脚步，害怕错过到诺思里奇去的路，但发现没有转弯的迹象，便继续步履艰难地向前跋涉。

最后，确信已走了不止一英里路，法克森才停下步子，转过身来。这一转身立刻带来一阵轻松，首先，因为这样一来背向风头；其次，因为在公路远处，他看到闪烁的灯光。一辆雪橇正向这里驶来——也许可以搭乘这辆雪橇到村里！抱着这种希望，他回头朝灯光走去。灯光前进得非常缓慢，左拐右转，七摇八晃，甚至只有几步远时，他还是听不到一点雪橇的铃声。然后，它停下来，靠在路边，纹丝不动，看起来就像被哪个冻得筋疲力尽的行人拖着一样。法克森加快脚步，不一会儿就来到一个人影面前。他缩成一团，一动不动地靠在雪堆上。提灯已从他的手上脱落，法克森胆怯地将它捡起来，照在他的脸上：原来是弗兰克·雷纳。

"雷纳！你到底在这儿干什么？"

小伙子苍白的脸上露出一丝笑容。"我想知道你在干什么？"他反问道，然后急忙爬起来，一把抓住法克森的胳膊，开心地补充道，"我终于找到你了！"

法克森心头一沉，惶惑地站在那里。小伙子脸色发灰。

"真不可思议……"法克森开始说道。

"是的，是不可思议。你到底为什么这么做？"

"我？做什么？……我……我在散步……我常在夜里散步……"

弗兰克·雷纳突然大笑起来。"在这样的夜晚？而且还不闩门？"

"闩门？"

"是因为我冒犯了你？我舅舅倒认为是你冒犯了我。"

法克森一把抓住他的胳膊。"你舅舅派你来追我的？"

"这个，舅舅唠唠叨叨地说，你病的时候我没有陪你上楼回房间。发现你走后，我们都害怕了——他更加心烦意乱——所以我说去找你……你没有生病，对吗？"

"生病？没有，我从来没有像现在这样健康过。"法克森捡起提灯，"走吧，咱们回去。餐厅里真热。"

"是的，我希望仅此而已。"

他们步履艰难拖沓地走了几分钟，沉默无语。然后，法克森问道："你没有累着吧？"

"哦，没有。顺风要好走得多。"

"好了，别再说话了。"

他们一步一步地尽力前进，尽管有灯光引路，还是比自己一个人走时要慢。小伙子不小心绊倒在雪堆上，使法克森有了说话的借口："抓住我的胳膊。"雷纳服从了，气喘吁吁地说："我已经上气不接下气了！"

"我也是。谁不是呢？"

"你跟我跳的是什么舞啊！要不是仆人碰巧看到你……"

"是啊，行啦。请你闭上嘴巴，好吗？"

雷纳笑了，靠在法克森身上。"哦，寒冷不会伤到我……"

雷纳追上他的头几分钟，法克森一直在为小伙子担忧。可当他们一步一步艰难地靠近逃离地点时，逃跑的理由变得更加明显，更有不祥之兆。不，法克森没有病，没有错乱，没有弄错——他被选中充当警告和拯救的工具。现在，他又受到无法抗拒的力量驱使，正把受害者重新拖向命运的深渊！

对此，法克森确信无疑，几乎要停住脚步了。然而，他能做什么？他能说什么呢？首先，他必须花一切代价使雷纳离开寒冷，进屋上床。然后他再采取行动。

雪越下越大。他们来到旷野间的一段公路时，狂风斜着向他们袭击过来，像带刺的钢鞭抽打在脸上。雷纳歇下来喘口气，法克森感到胳膊上的压力更重了。

"我们到达门房时，可不可以给马厩打电话要辆雪橇？"

"如果门房的人没有全睡着的话就可以。"

"噢，我会搞定的。别说话！"法克森命令道。他们拖着沉重的脚步缓缓前行……

最终，灯光照见了车辙，它们曲曲弯弯地离开公路，伸向黑乎乎的树林之中。

法克森精神大振："大门在那儿！我们五分钟就到。"

他说话时，从篱笆围墙的上方看到，漆黑的林荫道远端有灯火在闪烁。就是那盏灯，曾照亮已印在他脑海的每一个细节。他再次感到那是不可抗拒的事实。对——他不能让小伙子回去！

他们终于来到门房前，法克森不停地用拳头捶门。他告诉自己："先让他进去，叫他们给他来杯热饮。然后我要看——要找个理由……"

敲门没有应答，隔了一会儿，雷纳说："听我说——我们最好继续走。"

"不！"

"我能行，完全……"

"你不能到房间去，我告诉你！"法克森将拳头反复敲打在门上，终于，楼梯上出现了脚步声。雷纳正倚在门楣上，开门时，大厅里的灯光正好照在雷纳苍白的面孔和呆滞的双眼上。

法克森抓住他的胳膊，把他拉了进去。

"外面真冷。"雷纳叹口气，然后，好似无形的剪刀一举剪断他体内每一根肌肉一样，他陡然转向，牵拉在法克森的胳膊上，瘫倒在他的脚旁，似乎没了一点生气。

看门人和法克森弯下腰，设法把雷纳架在两人中间，抬进厨房，放在靠火炉的沙发上。

看门人结结巴巴地说了句"我给楼里打个电话"，便飞也似的冲出房间。然而，法克森听到这话却没有在意：凶兆无关紧要了，因为悲剧已经结束。他跪下来，解开雷纳脖子上的毛领。就在这时，他感到手上热乎乎、潮腻腻的。他举起双手，上面是红色的……

五

法克森自在诺思里奇跳下火车、瞪大眼睛寻找雪橇、鬼使神差地来到韦默之后，五个月已经过去了。韦默，他绝对不想再去的地方！这段时间的一部分——第一部分——至今依然灰暗一片，模糊不清。即使现在法克森还是不明白自己是怎么回到波士顿，怎么到达堂兄弟的家，然后转移到一个安静的房间，面对着光秃秃的树林和白皑皑的雪地。他久久地把头伸出窗外，看着相同的景色。终于有一天，在哈佛认识的一个熟人来看望他，邀请他到马来半岛跑趟生意。

"你受惊了，摆脱这些对你大有好处。"

医生第二天来时，显然已经知道并同意这个计划。"你应该安静一年。什么也不要干，只看风景。"他建议说。

法克森感到内心深处隐隐地萌动起一缕好奇之情。

"我到底怎么了？"

"噢，劳累过度，我想。去年十二月你出发去新罕布什尔前，你已劳累过度。那位可怜孩子的死使你彻底垮了。"

啊，对……雷纳死了。他记得……

于是法克森动身去了东方。棕榈树沿着黄色的河岸编织着无穷无尽的丝线，小船平躺在码头边，乔治·法克森坐在木结构旅馆的走廊里，悠闲地注视着那些卖苦力的人扛着货物过跳板。

这些的情景，他已经看了两个月了。渐渐地，生活以感觉不到的速度，又悄悄侵入他懒散的四肢和迟钝的大脑之中。照料他的朋友耐心而细致，他们慢悠悠地旅行着，几乎很少说话。开始，法克森触及熟悉的事情，总感到十分胆怯。他很少看报纸，拆信时总是心惊胆战。不是因为他有什么理解方面的问题，仅仅是因为所有事情都笼罩着一团团阴影。他看得太深，直到地狱……然而，他还是一点一点地恢复着健康和体能，随之而来的，是人们常有的好奇心。他开始想知道世界现在如何发展；当旅店看门人告诉他汽船邮包里没有他的信时，他明显地感到失望；他的朋友到森林去踏足时，他感到孤独、无聊、烦躁。

他大步走进闷热的阅览室，在那里，他找到多米诺骨牌游戏、多人拼图、"天国使者"的一些拷贝以及一大摞纽约和伦敦的报纸。

他粗略地阅读这些报纸，失望地发现，都是一些陈旧的内容。显然，最近几期给较为幸运的旅游者拿走了。他继续翻阅，首先挑出美国的。这些碰巧都是最旧的，日期回到去年十二月或今年一月。然而，对法克森来说，它们完全具有新意，因为这些日子恰好跨越他实质上已不在诺思里奇的全部时间。在此之前，他从未想到要了解那里所发生的一切，可是现在，他突然产生想知道的欲望。

为满足这种欲望，他开始将报纸按年月顺序分类。当他找到并翻开最早一期时，报上的日期，像钥匙滑入锁眼一样，进入他的意识。

十二月七日：他到达诺思里奇的日子。他扫了一眼第一页，看到醒目的大字："据称，奥帕尔·塞门特公司破产。涉及拉文顿家族。腐败大曝光动摇华尔街基础。"

他继续读下去，读完第一页又翻到下一页。中间有三天空缺，可奥帕尔·塞门特的"调查"仍然是报纸关注的中心。从该公司贪婪和堕落的复杂披露中，法克森的目光无意中停在讣告上，他念道："雷纳。暴死于新罕布什尔，诺思里奇。弗朗西斯·约翰，已故……的独生子……"

他的眼里布满阴霾。他丢下报纸，双手捂着脸，坐了好长时间。他重新抬头看时，发现自己把其他报纸都推下桌子，散落在脚下。最上面一张展现在眼前，他带着沉重的心情，再次开始搜索。"约翰·拉文顿主动站出来，提出重建公司的计划。表示要投入一千万——该提议正在地方检察官的考虑之中。"

一千万……一千万他自己的钱。但如果约翰·拉文顿破产了呢？法克森大叫一声，站了起来。这就是答案——这就是警告的含义！如果当时他没有逃跑，没有发疯似的离开那里，冲进夜幕，他也许已粉碎了这场该死的阴谋，黑暗势力也许不会得逞！他猛地拿起那摞报纸，依次看过每一张，寻找大字标题："遗嘱验讫"。在最后一张上，他找到搜寻的段落。一段文字直勾勾地瞪着法克森，就像雷纳垂死的双眼。

这……这就是法克森的所作所为！怜悯的势力已经选中他加以警

告和拯救,可他却没有理会他们的召唤,洗手不干,逃跑了。洗手不干!就是这个词儿。他重新回忆起门房那可怕的一刻:他从雷纳身边站起来,看了看自己的手,发现上面是红色的……

活死人

一

直到第二年春天，我才鼓足勇气把那晚在莫尔加发生的事情告诉了布里奇沃思夫人。

布里奇沃思夫人住在美国，而我一直在国外游荡——当然不是找乐子，而是因为神经崩溃。人们普遍认为，我这种状态是在埃及得热病后不久就马上投入工作的后果。不管怎么说，如果我不是与格雷斯·布里奇沃思相邻而居的话，就决不会将此事告诉任何人。我是在瑞士一个整洁安静的疗养胜地康复之后才告诉她的。我甚至没能给她写信——不是要求她救我的命。我难以回首那晚发生的事实，在敢于去想那些事情之前,我只得让时间和遗忘将那些事实层层包裹。

　　事情的起因非常简单,只不过是一个体质瘦弱的新英格兰人的良心突然发现而已。那年秋天,我一直在布里塔尼作画。那里气候宜人,却又变幻莫测,今天晴空万里,明天却可能狂风肆虐或大雾弥漫。在拉兹角有一家灰白色墙体的旅馆,夏天游客云集,秋天则孤寂冷清。我住在那儿,想试试冲浪,可有人对我说:"你该到别处转转,可以去莫尔加。"

　　于是,我便去了,并在那儿度过阳光明媚的一天。回来的路上,莫尔加这个名字无意中勾起了我的联想:格雷斯·布里奇沃思——格雷斯的姐姐玛丽·帕斯克——"你知道,我亲爱的玛丽在莫尔加附近有一个小小的居处。如果你去布里塔尼,一定要去看看她。她一个人孤零零地生活着……这令我不胜悲痛。"

　　事情的起因就是如此。我与布利奇沃思夫人交好已有数年之久,但与她那位老处女姐姐玛丽·帕斯克仅有数面之缘。据我了解,格雷斯与帕斯克情深意切;婚前,她们俩从未分开过,而格雷斯与我的老朋友赫雷斯·布里奇沃思结婚并搬到纽约居住时,玛丽却毅然决定周游欧洲,这是布里奇沃思夫人的一大伤心事。我一直搞不懂玛丽·帕斯克为什么拒绝同妹妹格雷斯一起待在美国。格雷斯说那是因为她"太过风雅"——但是,我知道老处女帕斯克对艺术并没有多少浓厚的兴趣，我猜想，很大程度上是因为帕斯克不喜欢赫雷斯·布里奇沃思先生。还有第三种说法——如果认识赫雷斯就更明白了——那就是帕斯克小姐可能非常非常喜欢他。但如果见过帕斯克小姐，这种说法就经不起推敲：长着一副红红的圆脸、一双天真烂漫的金鱼眼、戴着老处女式的装饰套并羞涩地暗藏喜爱之心的帕斯克小姐，会渴望赫雷斯……！

好了，说到这儿简直把人都搞糊涂了，也许这件事确实足以吊起大家的胃口，直到把大家搞得云遮雾障。但事情并非如此。玛丽·帕斯克跟其他成百上千个不合时宜的老处女一样，都是被尘世遗弃的快活人，满足于一成不变的生活起居。要不是格雷斯嫁给我的老朋友布里奇沃思先生而且对他的朋友都很和蔼可亲，我甚至连格雷斯本人也不会特别在意。格雷斯温文尔雅，极其能干，但稍显迟钝，一心扑在丈夫和孩子身上，没有一丁点想象力。她对姐姐玛丽·帕斯克的情意和玛丽对她的崇拜之情完全是两种决然不同的感情，中间隔着难以逾越的鸿沟。但在格雷斯结婚之前，亲密无间的关系维系着姐妹俩。而格雷斯是个很有良心的女人，总是对无欲无求且快活地生活着的人们说些祷告式的话。"你知道，玛丽和我分开已有些年头了——还是在小莫利出生之前。要是她能来美国该有多好！想一想……莫利已经六岁了，可还没有见过她的亲姨妈呢……"她这样说着，并补充道，"如果你去布里塔尼，答应我要看一看我的玛丽。"听了这些话，我就陷于一种责无旁贷的义务之中。

事情就这样发生了。在那个风和日丽的下午,"去看一看玛丽·帕斯克——让格雷斯高兴"的想法一下子唤醒了我的责任感。好吧,把几件东西装进包里,画完白天的画,等天色渐暗时就去看看帕斯克小姐。最后,我租了一辆晃晃悠悠的马车,等我画完白天的画回来时,马车已经在小旅馆等候我了,我坐上马车朝着日落的方向,开始寻找玛丽·帕斯克……

就像有一双手突然蒙上眼睛似的,海雾在我们周围弥漫开来。还没等马车驶上一片光秃秃的开阔高地,我们便已转向,背对着日光,绯红色的落日余晖染红了我们前面的路。不久,沉重的夜色就将我们完全吞没。没有人能确切地告诉我帕斯克小姐的住处。但我想,也许在前面那个小渔村中可以找到她。我对了……一位站在门口的老头说:"对——再过一个坡,循小路往左拐,一直往海边去。那个美国老太太总是穿一身白衣服……在死亡海湾附近。"

"知道了,可我们怎么找到她呢?我不认识那个地方。"年轻的马车夫不领情地嘟囔道。

"到那儿你就知道了。"我说。

"马脚跛了!我不能让马冒这个险——老板会找我麻烦的。"

我只能好说歹说,他终于跳下马车,牵着马磕磕绊绊地继续上路。大雾弥漫着夜幕,伸手不见五指,我们仅有的马灯闪着微弱的亮光。不知走了多久,在那盏灯的幽暗灯光下,一些东西时隐时现——白色的门、瞪视的牛头马面、路边的石头堆——全都在夜色中活灵活现,仿佛突然跳到我面前,又突然缩回去,怪异得难以置信。这些怪象每出现一次,夜色就浓重一分,马车下坡时我觉得像从悬崖上往下滚。我赶紧从马车内跳出来,和车夫一起走在马的前面。

"我不能再走了——我不想了,先生!"他呜咽着说。

"看,那边有灯光——就在前面!"

雾幕飘向一边,我们看到幽暗灯光照着的两片空地,显然是一所房子。

"只要把我送到那边——如果愿意,你就可以回去了。"

雾幕重又降下来,年轻人看到灯光,心里踏实了。在我们前面有一所房子,显然是帕斯克小姐的,因为在这荒芜之地很难找到第二所房子。再说,小渔村的老头也说"就在海边"。连绵不绝的海涛声肯定了我们正在朝着海边走,在这个地方,每个角落的人们都听惯了海涛声,大家甚至以听涛声而不是用眼睛来估算距离。年轻人闷声不响地继续牵着马往前走。雾比以前更厚重了,透过那盏灯,我们费劲地看到马的两条后腿上全是粗大的水滴。

年轻人拉住马。"没有房子——我们这是在往海里走。"

"但你已经看到了灯光,不是吗?"

"我想我看到了。但现在在哪儿呢?雾已经少下来。看……我能辨出前面的树来。可那里根本没有灯光。"

"也许那个人已经睡了。"我开玩笑似的说。

"先生,我们还是掉头回去吧。"

"什么……离门只有两步路了!"

年轻人沉默了;显然,前面有一道门,据我推测,湿乎乎的大树后面肯定有人家,除非那儿只是一片空地和大海……我听到大海正急切地呼喊着,到我这儿来吧。毫无疑问,那就是被称为死亡海湾的地方!是什么诱惑原本前途光明、心地仁慈的玛丽·帕斯克来到这儿,把自己埋葬在这儿呢?当然,年轻人不愿再等我……我知道……真正的死亡海湾到了。大海从这儿发出呜呜的哀鸣声,仿佛到了进食的时间,而它的保护神——复仇女神则早已将它忘得一干二净……

是一道院门!我的手已经碰到了。我慢慢地摸到门闩,打开门,拨开湿淋淋的矮树丛来到屋前。没有一丝蜡烛的光亮。如果这屋子真是帕斯克小姐的,她当然早就睡觉了。

二

夜色和雾气早已合二为一,眼前是一片密不透隙的黑色。我徒劳地摸索着门铃。最后,我终于摸到门环,拍打起来。拍打声打破了寂静的夜空,远处传来冗长的回音;好一阵儿,没有一点动静。

"我告诉过你,里边没人!"年轻人在大门那儿不耐烦地叫道。

里边有人。我没有听到里边有脚步声,可有人拉开门闩,一个戴着农妇帽子的老妇人探头出来。她已经把蜡烛放在身前的一张桌子上,所以,她的脸庞在朦胧中泛着一层光晕。从她弯腰曲背的体态和抖抖索索的动作,我可以看出她年事已高。烛光一下子全照在我的脸上,而在暗处的她正看着我。

"是玛丽·帕斯克小姐吗?"

"是的,先生。"她的声音——一个非常苍老的声音——要多高兴就有多高兴,一点也不吃惊,甚至非常友好。

"我去告诉她。"她又说一句,拖着脚步离开了。

"你觉得她会见我吗?"我追问。

"啊,为什么不呢?你怎么会这么想呢?"她几乎笑出声来。她退回去时,我看到她裹着一条披肩,手臂下夹一把布伞,显然她要出门——或许回家过夜。我不知道玛丽·帕斯克是否独自一人住在这个隐居处。

老妇人拿着蜡烛消失了,我独身一人留在黑暗中。稍过片刻,我听到屋后有关门的声音,接着是一阵慢吞吞的木鞋声,顺着外面的石板路渐行渐远。很明显,那个老妇人在厨房里穿上木鞋后离开了这所房子。我不知道她走前是否已告诉帕斯克小姐我来了,或者她压根就没有管我,只跟我开了一个残酷的玩笑。当然,屋内没有声响。脚步声早已远去,我听到院门发出咔嗒一声——接着,死一般的寂静如雾一样再次袭来。

"我不知道……"我自言自语,就在此刻,令我窒息的记忆之门突然间开启。

"她已经死了——玛丽·帕斯克小姐已经死了!"我几乎把自己吓得失声尖叫起来。

真令人不可思议,我的记忆在我得热病以后跟我开了个玩笑!其实,我知道玛丽·帕斯克去世已近一年——她是在去年秋天猝然而亡的——尽管最近两三天内我一刻不停地在想着她,却在这一刻才想起她已去世这一事实!

是死了!我乘船去埃及之前向格雷斯·布里奇沃思夫人道别那天,我发现她泪流满面并戴着黑纱。她拿出一封电报让我看,在我读着"令姊今晨猝亡,埋葬在庭前花园,特此电告"的电报时,她一直泪流不止。电报是美国驻布里塔尼领事签的名,我好像记得领事是布里奇沃思先生的一位朋友。在这黑暗之中,我仿佛又看见那封电报上所印着的那串文字来。

我站在那儿,显然我一个人待在一间要么无人居住,要么是陌生人居住的漆黑的房子中。即使这样一个事实也没有发现自己突然间失去记忆那样更让我心惊胆战。这样的事情曾经发生过一次，一件众人皆知的大事在我脑子里突然消失。现在是第二次了。一点没错，我根本就没有把医生讲的病情放在心上……等我回到莫尔加后，一定要睡几天，什么都不干，吃饱就睡……

可能太过于全神贯注了，我连方向也找不到，更不知道门在哪儿。我翻遍全身想找火柴——但医生劝我戒烟，怎么可能找到火柴呢？

找不到火柴让我越发惊慌。当我在黑暗中顺着家具的边边角角笨手笨脚地朝厅堂摸着走时，一抹亮光斜斜地照到楼梯旁的毛坯墙上。我循着光线看过去，我上面的楼梯平台上站着一个手持蜡烛正在向下注视的白色身影。那身影同我所熟悉的玛丽·帕斯克的身影惊人地相似，我不禁从心底升起一股凉意。

"噢，是你呀！"她用嘶哑的嗓音惊叫道，声音既像一位老妇颤抖的话音，又像一个男孩子粗糙的假声。她穿着松弛的外套，慢吞吞地往下走，像平时那样颤颤悠悠地摇晃着。我发现她在木楼梯上迈步时无声无息。好可怕——正常人应该有声音的！

我站在那儿一句话也说不出来，抬头凝视着这奇怪的景象，并在心里告诉自己："那儿什么也没有，连鬼都没有一个。都是你自己想象的，要不就是你的眼睛或身体什么部位出了毛病……"

毋庸置疑，确实有一支蜡烛。当它越来越近时，我周围也亮堂起来，我转过身来抓住门闩。因为我已经想起来，我曾见过那封电报，曾见过格雷斯戴着黑纱……

"有什么事吗？你放心，你没有打扰我！"白色的身影发出客气的微笑，"如今我没几个客人了……"

她走进大厅，站在我跟前，颤悠悠地举着蜡烛，凝视着我的脸。"你没有变……比我想象中的变化小多了。可我变化很大，是不是？"她又笑一下，恳切地对我说。突然，她把手放在我的手臂上。我低头看看这只手，自思道："这下可骗不过我。"

我一直注意观察别人的手相。判断性格的关键是看其眼睛、嘴巴、头型，我认为还要看其指甲的曲线、指尖的形状、手掌从底部向上伸展的样子。手掌或呈玫瑰红色，或显菜色，或光洁润滑，或遍布裂痕。我清清楚楚地记得玛丽·帕斯克的手，因为她的手仿佛就是她本人的一幅漫画：丰满、肿胀、肉肉的，然而却早衰、累赘。一点儿没错，现在，这双手就放在我的衣袖上，可已经变得干瘪枯萎——不知道怎么的，有点像那种颜色苍白、斑点密布的毒菌，轻轻一碰便粉尘飞扬……哦——粉尘飞扬？当然……

我看着那几根松软无力、满布皱褶的手指，上面有着长长的椭圆形指甲。这些手指曾经那么光洁，呈天然的粉色，而现在却在灰黄色指甲的映衬下呈现蓝色——恐惧使我的身体绷得紧紧的。

"进来,进来。"她用长箫般的声音说道,头发灰白凌乱的头歪向一边,蓝色的金鱼眼对着我滴溜溜乱转。可怕的是,她仍像过去一样使用着这种技巧:用笨拙而顽皮的献媚行使幼稚的诱惑。我感到她拽着我的衣袖,像钢绳一样拖着我跟着她走。

她把我领进的房间是——唔,这种情形之下人们爱用"丝毫不变"这个词语。按惯例,一个人死了,东西要收拾好,家具得卖掉,免得让家庭成员睹物思人,徒增悲痛。然而,出于某种不正常的虔诚,也可能是格雷斯指示的,这个房间仍保持着帕斯克小姐生前的摆设,与我猜想的完全吻合。我没有心情描述细节,但是,借着随意晃动的暗淡烛光,我模模糊糊地看到了污浊不堪的坐垫及一些零零碎碎的东西,如铜壶、插着某种已枯萎树枝的广口瓶等。这就是帕斯克小姐生活的真正"内务"!

白色的身影幽灵般地飘到壁炉架旁,点燃另外两支蜡烛,又在桌上竖起第三支。我原本以为自己不迷信的——但看哪,有三支蜡烛!连我自己都不明白是怎么回事,我飞快地弯下身吹灭一支蜡烛。我听到她在我背后大笑着。

"三支蜡烛——你还介意这类事?我早就超脱人世间的一切,你知道吗?"她吃吃地笑着,"是怎样的舒服……是怎样的自由……"我早已打冷战的身体不禁又猛烈抖动。

"过来，坐到我的身边来，"她诚恳地说道，坐在沙发上，"我已经有年头没有见到活人了！"

她所使用的说法真正令人惊奇。她仰靠到光溜溜的沙发上，用那只仿佛从坟墓中伸出来的手向我示意，我真想转身就跑。她那悬空在蜡烛光里的苍老面庞，那带着红盈的双颊就跟凋萎的苹果似的，她那蓝色的眼睛闪着淡淡的仁慈，似乎要让我明白自己的胆怯和懦弱，提醒我不论玛丽·帕斯克是死了还是活着，她都不会伤害任何人，哪怕是只飞蛾。

"快坐下吧！"她重复道。我侧身坐到沙发的另一边。

"你真是太好了——我猜想是格雷斯要求你来的吧？"她又笑起来——她的说话声经常被自己无缘无故的笑声打断，"这是个大喜事——真是个大喜事！你知道，自从我死后几乎没有客人来过。"

又一桶冰水把我从头到脚浇了个遍，但当我壮着胆坚持看着她时，她脸上的无辜真诚的表情又一次让我疑虑尽消。

我清了清嗓子，就像扛着一块墓碑似的喘着粗气问："你一个人住在这儿？"我终于把话说了出来。

"噢，很高兴听到你说话——我还能记得起人的声音来，尽管我几乎听不到了，"她梦呓似的说着，"是的——我一个人住在这儿。你看到的那个老妇人一到夜里就离开了。天黑后她不会待在这儿……她说她没法待在这儿。这不是很可笑吗？但没关系，我喜欢夜色。"她带着一种不可捉摸的笑容朝我靠过来，"死人，"她说，"习惯了也就自然了。"

我再次清了清嗓子，但说不出话来。

她继续以视我为知己的眼光盯着我。"那么说说格雷斯吧。告诉我有关我那亲爱的妹妹的一切。我希望能再看她一眼……哪怕就一次。"她又奇怪地笑起来，"当她得知我去世的消息时，你在她家吗？她真的很伤心吗？"

我勉强站起身来，嘴里不知道嘀咕着什么。我无法回答——我不敢继续看着她。

"噢，我知道……实在太痛苦了。"她黯然神伤，眼里噙满了泪水，颤巍巍地将头扭转过去。

"但毕竟……她这么伤心我很高兴……这是我期望着别人能告诉我的，我几乎绝了这个念头。格雷斯忘了……"她也站起来，掠过房间，颤颤巍巍地向门走去。

"感谢上帝，"我思量道，"她要走了。"

"你白天来过这个地方吗？"她突然问道。

我摇了摇头。

"很美的。不过那个时候你见不到我。在我与美景之间你只能选取一样。我讨厌日光——它让我头痛。因此,白天我就睡觉。你来的时候我刚睡醒。"她以一种越发信任的神情朝我笑着,"你知道我通常睡在什么地方吗?就在下面——在花园里!"她尖厉的笑声又一次响起来,"在下面太阳永远照不到的阴暗冰凉角落。有时,我一睡就睡到深夜。"

领事那封电报上关于花园的用词一下子回到我的脑海中,我暗想:"毕竟,这不是个快乐的国度。她的日子是否比她活着的时候还难受?"

也许是吧——但我敢肯定,如果有她做伴,我自己的日子就不好过了。她侧着身向门边移动的样子使我想到抢在她前面走到门口去。我胆怯地一冲,跨前一步站在她前面——但就迟那么一秒,她已将门闩抓到手中,斜身靠在门的镶板上,长长的白色衣服披挂在身上,仿佛裹尸布似的。她稍稍斜垂着头,眼睛透过没有睫毛的眼睑凝视着我。

"你要走吗?"她以责备的口气问。

我无力地瘫软下来,不知道该说什么,只好默默地示意我想走。

"要走……要离开?一起离开?"她的眼睛还在盯着我,我看到她的眼眶里涌现泪花,泪水顺着她那红红泛光的圆脸流淌下来。"你不要走吧,"她柔和地说道,"我太孤独了……"

我语无伦次地回应着什么,眼睛盯着她那只抓着门闩的手上的蓝色指甲。突然,我们身后的窗户砰的一声打开了,一阵狂风从黑暗中吹进来把距离壁炉架最近的那支蜡烛刮灭了。我紧张地向后瞥了一眼,想看看剩下的那支蜡烛是否也熄灭了。

"你不喜欢风声吗？我喜欢。那是我唯一能与之说话的对象。自从我死后，人们就不再喜欢我了。很怪异，是吗？农民多么迷信啊。我真的感到孤独……"她说着，使劲笑出声来。她摇摇晃晃地朝我走来，一只手仍抓着门闩。

"孤独啊，孤独！你是否知道我有多么孤独？如果我说不孤独，那是在说假话！现在你来了，你的脸很友善……你说你准备离开我！不……不……不……你千万别！要不然，你为什么要来呢？这太残酷了……我常常想，我知道孤独是什么……自从格雷斯结婚后，你知道。格雷斯认为她一直想念着我，但她没有。她叫我'亲爱的'，但她真正想着的是她的丈夫和孩子。那时我就对自己说：'如果你死了，你就再也不会孤独了。'但现在我知道得更清楚了……过去一年中的孤独哪儿都找不到……找不到！有时候我想：'如果有朝一日某个男人过来并喜欢上你，会怎么样呢？'"她咯咯地笑起来，"对了，这种事发生过的，你知道，即使青春不再……有一个也遇到麻烦的男人。但今夜之前还没有一个人来过……现在你说你要走！"她突然向我猛扑过来，"噢，跟我在一起，跟我在一起……就一夜……这里既温馨又安静……没有人知道……没有人打扰我们。"

刮第一阵风时我该关上窗户的。我知道很快会刮起一阵更猛烈的风。现在,风已刮起来了,砰地把松动的窗格子吹开,将海涛声和雾水一起送进房间,将另一支蜡烛掀翻在地。光亮霎时消失,我站在那儿——我们站在那儿——在伴着咆哮的海涛声和随风飘旋的浓雾中,谁也看不清谁。我的心脏仿佛停止了跳动,我不得不用力屏住呼吸,浑身直冒冷汗。门……门……对,我知道,当蜡烛熄灭时我正对着门。漆黑的夜色中,我眼前一团白色鬼魂一样的东西好像在慢慢地融化,瘫作一团。为了避开这个地方,我绕了一大圈,走到门前将门闩抓到手上,此时,我发现脚上缠绕着松散拖着的围巾或袖子,但什么也看不见。我纵身一跳,挣脱开最后一个障碍。当跑进厅堂时,我听到背后传来一声悲恸的哭泣。不过我已抢身来到厅堂门口,赶紧把门拉开,一头扎进夜色中。我砰的一声把她那可怜的悲哭关在门里,快步走到密密的浓雾和阵阵的凉风里。

三

我完全镇静下来后,开始慢慢地思考这一件事。我发现,哪怕稍稍触及也会令我体温骤升,心跳加剧,心脏仿佛从嗓子里跳出来似的。我无法忍受,真的无法忍受。我早已看到格雷斯·布里奇沃思夫人戴着黑纱,哭着看那封电报,但却鬼使神差地和她的姐姐坐在同一张沙发上说话,而她的姐姐一年前就已经谢世!

我无法摆脱这样一次怪异事件。第二天早上，我开始发烧了。如果曾和我说话的那个老太太是真鬼而不是我发烧时的胡思乱想呢？也许玛丽·帕斯克身上就有种东西比她生存得更长久，这种东西向我诉说的是她活着时所一直不愿启齿的孤独感受！这种想法令我莫名其妙地感动起来——我虚弱地躺在床上，为她流下眼泪。我想，没有一个女人能逃离孤独，即使死了，只要有机会她绝不放过……我的心头浮现出许多古老的传奇：科林斯的新娘、中世纪的吸血鬼……但没有哪个可以合适地用到玛丽·帕斯克的形象上！

我脆弱的心智在这些幻想和猜测之间漫无目的地飘来荡去，飘荡得越久，我越相信那天晚上所发生的事是真的……我决定，起床后一定要在光天化日下回访那个地方，找出花园中的墓地，就是那个"太阳永远都照不到的阴暗冰凉角落"，为她献上一束鲜花。但医生的决定恰恰相反。或许是我虚弱的躯体无意中唆使了他们，不管怎么说，我终于屈服于他们的主张：坐车离开旅馆，乘火车前往巴黎，然后坐船，像一件行李一样，被他们搬到早已挑好的一家瑞士疗养院里。当然，我也表达了恢复健康后再回去看看玛丽·帕斯克的意思，与此同时，我的思绪越来越微妙地，也是越来越断续地，从眼前的雪山回到那个在死亡海湾之上的悲凉的秋日之夜。死去的玛丽·帕斯克给我的印象要比活着时的她真实得多。

四

最后回到纽约时,我首要计划是,让所有人相信我的精神和身体都已恢复正常。显然,我与玛丽·帕斯克的这段离奇遭遇似乎不利于这个计划。经过反复考虑,我对此一直缄口不谈。

不久之后我想起了那个坟墓,它开始让我难受起来。我想知道,格雷斯是否在坟前竖一块合适的墓碑。我没有仔细审视那所房子,这让我突发奇想:或许格雷斯什么都没做——把一切都抛在脑后了。"格雷斯忘了。"我记得那可怜的鬼魂颤抖着说……是的,毫无疑问,她聪明地提出这么一个请求照看她坟墓的小小愿望。这事儿我越想越揪心,开始责怪自己未能及时过去亲眼看看那座坟墓。

格雷斯和她丈夫以对待老朋友的方式欢迎我,我很快养成了有事没事就到他们家去吃顿饭的习惯。我想,也许哪一天能单独和格雷斯谈一谈。我等了好几星期。然后,在一天晚上,当她丈夫外出吃饭时,我独自一人和格雷斯坐着。我瞥一眼她姐姐的照片——一张褪色的老照片,仿佛责备似的与我对视着。

"格雷斯,顺便问一下,"我开始说道,"我相信我没有告诉过你:在我旧病复发前一天,我去了那个小地方……你姐姐住的地方。"

她的表情立即丰富起来。"没有,你从未告诉过我。你去过那儿,太好了!"眼泪一下子溢出了她的眼眶,"我真高兴你能去她那儿。"

她放低声音,语气柔和地问,"你见到她了?"

这问题使我再一次不寒而栗。我惊讶地看着布里奇沃思夫人胖胖的圆脸,她正泪眼模糊地冲我笑着,没有一点痛苦。"我真的越来越责备自己了,对于亲爱的玛丽,"她畏惧地说,"告诉我……告诉我一切!"

我的嗓子仿佛给卡住似的;我感到极不舒服,就跟玛丽·帕斯克自己在场一样。以前我从未意识到格雷斯·布里奇沃思会有什么可怕。我强打精神,开口说话。

"一切?啊,不可能……"我想笑一下。

"但你确实看到她了?"

我尽力点点头,仍然带着微笑。

她的脸突然间变得憔悴起来——是的,非常憔悴!"是不是变化太大,你无法说出来?告诉我……是那样吗?"

我摇摇头。其实,让我震惊的是变化太小了——死了的和活着的似乎没有区别,所不同的是,在现实生活中那种神秘感越来越强而已。格雷斯的眼睛依然牢牢地盯着我,"你必须告诉我,"她重申道,"我知道我早该去她那儿……"

"是的,或许你早该,"我犹豫地说道,"看看她的坟墓,至少……"

格雷斯默然地坐着,眼睛仍然盯着我的脸。她止住流泪,原本关注的目光慢慢地变成惶恐的呆视。她犹豫片刻,几乎很不情愿地把手伸出来放到我的手上。"亲爱的老朋友……"她开始说话。

"不幸的是,"我打断她的话,"我无法回去亲眼看看坟墓……因为第二天我就病了。"

"是的,是的,当然,我知道。"她停下来,"你肯定去过那儿?"她突然问道。

"肯定?老天保佑……"这回轮到我发呆了,"你怀疑我做得还不够吗?"我带着不太舒坦的笑容建议道。

"不……不……当然不是……但我不明白。"

"不明白什么?我走进房子……我看到了所有的东西,事实上,但她的坟墓……"

"她的坟墓?"格雷斯跳着站立起来,双手紧握着放在胸前,飞一样地离开我。在房间的另一端,她站在那儿,凝视着我,然后慢慢地又移步回来。

"那么……我想知道?"她看着我,将信将疑地说,"你难道真的从未听说过?"

"从未听说过什么?"

"所有的报纸上都登了呀!你没有看过报纸吗?我想给你写……我想我已经写……但我说过,'不管怎么样,他会从报纸上看到的。'……你知道我经常懒得写信……"

"从报纸上看到什么?"

"什么,就是她并没有死……她还没死!没有什么坟墓,我的亲人!她只不过得了全身僵硬症,处于迷睡之中……是个超乎寻常的病例,医生说……她没有把这些都告诉你吧……你不是说你看到她了吗?"她歇斯底里地疯笑起来,"她肯定告诉你她没有死吧?"

"没有,"我慢吞吞地说道,"她没有告诉我这一点。"

之后我们又就这件事谈了很长时间——直到她丈夫赫雷斯深更半夜赴宴归来。赫雷斯·布里奇沃思先生坚持要聊这件事,并翻来覆去地谈个不休。格雷斯一直重复着说,当然,可怜的玛丽就登上过那么一次报纸。尽管我仍坐在那儿耐心地听着,但对她讲的话题实在不感兴趣。我觉得,从今以后,我再也不会对玛丽·帕斯克感兴趣了。

造　孽

一

"你应该买下它，"我的朋友说，"这座房子简直是为你这样不喜欢合群的人量身定制的。在布莱坦尼拥有最具浪漫色彩的房子是很合算的。房子现在的主人穷得叮当响，因而开价会非常便宜。"

我接受朋友兰瑞威的建议并不是想证实我就是他所描述的那种离群索居的人。事实上，在落落寡合的外表下，我有鲜为人知的一面，这就是，我对和谐的家庭生活有着强烈的憧憬。

秋日的午后，我动身前往科福尔。我的朋友因有事前往魁普，我便与他结伴而行。半路上，他让我在一个荒凉野外的十字路口下车，对我说:"首先向右拐,再向左拐,然后笔直地往前走,直到你看到一条林荫道为止。如果你碰到乡间农夫,千万不要向他们问路。他们听不懂法语,却喜欢不懂装懂,使你迷路。傍晚时分,我会在这儿等你。另外,千万别忘记看看教堂里的坟墓。"

我听从兰瑞威的指点,但像往常一样,我记不清楚他说的是先向右走,再向左拐,还是先向左走,再向右拐。如果碰上一个农夫,我肯定会向他问路,否则我就真会迷路。一路上一个人也没有碰到,我独自一人边走边欣赏着这一片被人遗忘的风景。尽管一路犹豫,我还是拐对了,走对了,终于走过一片荒地,来到一条林荫道上。这条林荫道与我以前见过的林荫道大不相同,我一见就知道这就是我要找的那条路。道路两旁,灰色的树干笔直地伸向天空,苍灰色的树枝相互交织,犹如一条长长的隧道。秋日的光线透过这些树枝,时有时无地落在地面上。虽然我知道很多树名,但直到今天我也不知道眼前到底是些什么树。它们像高大的榆树那样弯曲,像白杨树那样纤细。在蒙蒙细雨的天空下,呈现出橄榄般的灰白色。它们呈拱形,绵延不绝,足足有半英里多长。如果我见过的林荫道中有哪条能够确切无疑地把我带向某个地方,那么就是去科福尔的这条路了。我沿着这条路朝前走去,心怦怦地跳动起来。

走到林荫道的尽头,我面对的是一扇坚固的大门,它位于一段长长的大墙中间。我与墙壁之间是一大片空旷的草地，另外有几条灰色的林荫道从草地旁延伸出去。大墙后面是镀银的高高的石板屋顶、教堂的钟塔以及城堡高楼的顶端。一条长满了灌木丛与荆棘的壕沟环绕着这片土地。吊桥由石拱替代了，吊门也由铁门取代了。我在壕沟的这一边站了很久，东张西望，细细地品味着我所见到的一切。我想："假如我耐心地等待，看守的人就会带我去看教堂里的那些坟冢……"说实话，我真不希望他马上出现。

我在一块石头上坐下，拿出一支烟点起来。我一点着它，就觉得自己在做一件幼稚而愚蠢的事情。我似乎感到那些没长眼睛的巨大建筑物在俯瞰着我，所有空荡荡的林荫道都在向我这边聚拢过来。也许是这无边的寂静使得我对自己的一举一动都分外敏感，擦火柴的声音在我听来就如刹车片摩擦车轮那样尖锐刺耳。我把烟头抛在草地上，似乎听到它落地的声音。我坐在那儿，面对着历史遗迹，又大口地吸烟，那是一种什么样的感觉啊！我与遗迹之间非常遥远，在它面前，我渺小得可怜，我的一举一动都是虚张声势，毫无用处！

我对科福尔的历史茫然无知，这是我第一次来布莱坦尼。直到昨天，兰瑞威才对我提起科福尔这个名字——但不管是谁，只要看一眼那些建筑，就会不由得感觉到它厚重的历史底蕴。我不准备推想它的历史，仅仅是生者与死者之间相互纠缠的那份沉甸甸的感觉就会让那些古老的建筑物具有一种庄重的美感吧。但科福尔给人的感觉还不止这些——它的历史冷酷无情,就像它的灰色林荫道一样,一直延伸到一片黑暗的混沌中去。

没有一座房子能像科福尔那样从现实中完全脱离出来。它静静地矗立在那儿,银色的屋顶和雄伟的山墙骄傲地刺向天空。也许这就是它自己的纪念碑,我沉思着:"教堂里的坟墓?这整个地方不就是个大坟墓吗?"我越来越不希望看守人出现。尽管这座城堡的每一个细节都引人关注,可一旦与它的整体印象相比,就显得无足轻重了。我所希望的仅仅是坐在那儿,让那无边的寂静穿透我。

"它是为你量身定制的。"兰瑞威说过。我不禁想:对一个活着的人说科福尔是为他量身定制的未免太草率、太不敬了吧。难道没有人能理解……?我思虑着。我没有再想下去,因为我对自己在想些什么也不甚知道。我站起身来,朝大门走去。我希望能更进一步了解科福尔,不是为饱览景物——我现在能够肯定这不是一个简简单单的去欣赏风景的问题——而是用心去体会,将它作为整体去反复咀嚼、品尝它的韵味。"如果进去,一定会把看守人引出来。"我不情愿地想着,心里十分踌躇。最后我穿过小桥,试着推开一道铁门。门开了,我走进一条长长的隧道。隧道的尽头有一道木制的路障拦在科福尔的入口处。路障后面是由高贵古朴的建筑物团团围住的庭院。我面对着的就是科福尔的主建筑，其正面已破败不堪。透过敞开着的窗户可以看到壕沟里丛生的杂草及园林里的树木。房子的其他部分依然生机盎然。主楼的一端与一个圆塔相连，另一端与一扇窗户上雕刻着石制花饰的小教堂相连。拐角处有一口造型优美的水井，它的顶部放着一个个长满了青苔的水瓮。几树玫瑰依着墙壁倔强地向上生长着，我记得还在楼上的窗台前看到一盆倒挂的金钟。

我对科福尔建筑的浓厚兴趣战胜了对所谓鬼魂的恐惧。这里的建筑精致典雅极了，我产生一种要把它探索个一清二楚的念头，不为别的，就为它那种惊心动魄的魅力。我环视着这幽静的庭院，心想，看守人究竟住在哪个角落呢？我轻轻地推开栅门走进去。当我踏入第一步时，一只狗窜出来，挡住了我的去路。这是一个漂亮伶俐的小家伙，我的注意力一下子被它吸引住了，完全忘记了它所守护着的那些美轮美奂的建筑物。我那时还真的不知道它属于何种犬类，但现在我知道它是一只来自中国的小狗，而且还是一只被称作"袖珍狗"的稀罕品种。它个头很小，浑身毛色呈金棕色。一对棕色的眼睛很大，脖子上的毛皱皱的，就像一朵硕大的茶色菊花。我知道这些小家伙总是喜欢叫嚷，再过一会儿就有人来了。

小东西站在我面前不让我往里走，差不多是威胁我，它棕色的大眼睛里流露出愤怒的神色。它一声不吭，也没有走近我。相反，当我往前走时，它竟一步一步地朝后退去。我又发现另一只狗，是一只长相丑陋得难以辩清鼻子眼睛的狗。它棕色的毛发里夹杂着其他颜色，腿也瘸了，走起路来一拐一拐的。我知道，这里马上要喧闹起来了。正在这时，第三只狗——一只白色长毛的杂种狗，从门口溜进来，加入它的伙伴们。三只狗就那么站着，神情严肃地盯住我，谁也不发出一声。我一步步地朝前走，它们就无声无息地挪着爪子一步步地往后退，对我却仍虎视眈眈。我想："它们随时可能向我的脚踝发起进攻。不是有个笑话么：狗越多，胆子越大。"我并不惊慌，因为它们个头都不大，模样也不可怕。尽管它们仍让我随意地在院子里转悠，但始终在不远处警觉地跟着我——它们总是与我保持固定的距离——并且一刻也不放松地监视着我。观察这座正面破败的建筑物，我突然发现，在一扇没有玻璃的窗框上站着另一只狗。那是一只白色的短毛大猎犬，一只耳朵是棕色的。它是一只老狗，表情庄重，看上去比其他狗要精明干练得多。它在观察我的时候似乎比别的狗更为专注。

"这只狗会叫起来。"我想。但它站在窗框上，靠着园林里的树，只是一动不动地注视着我。我一度回过头去盯着它，想看一看它意识到自己被别人盯着时会不会发怒。我们中间隔着大约半个院子的距离，我们就这样悄无声息地凝望着对方。它没有发怒。我悻悻地转过身，发现身后的狗群中又增加了一个新成员：一只黑色的小狗，长着一双浅玛瑙色的眼睛。全身在微微发抖，脸上的表情更羞涩腼腆。我注意到它站在别的狗后面，与它们保持着一定距离，同样一声不吭。

我在那儿足足站了五分钟。围着我的那些狗静静地等候着。我走到那只小小的金棕色狗的身边，弯下身去轻轻地抚摸它。我一边拍着一边发出轻轻的笑声。这只狗既不动弹也不叫唤，它的目光却不从我身上移开。它仅仅朝后挪一码左右，然后站定，继续看着我。"滚你妈的！"我大叫一声，穿过庭院朝水井走去。

我迈步朝前走着，那些狗便四散跑开，纷纷溜到院子的各个角落里去了。我察看一下古井上的水瓮，推了推几扇锁着的门，然后又把那沉默不语建筑物的正面上上下下打量一番，最后朝小教堂走去。转过身时，我发现，除了那只年老的短毛大猎犬还站在窗户那儿盯着我看外，别的狗都不见了。被监视的感觉从心里散去是一种解脱。我想找路到房子的后面去。我想："花园里或许有人住。"最后我找到一条穿过壕沟的小径，小心地爬过长满荆棘的院墙，来到园中。花园中羸弱的绣球花和天竺花已憔悴枯萎，那座古老的建筑正在冷漠无情地注视着它们。房子朝向花园的这一面要比它的正面显得更朴素，更庄严。长长的花岗石墙面、稀疏的几扇窗户和陡峭的屋顶使它看上去活像城堡里的监狱。我绕着侧厅走了几圈，跨过几段时断时续的台阶，在阴沉暮色中进入一条狭窄而古老的小径。小径两边长着黄杨树，只容一人侧身慢行,那些树枝在我头顶杂乱交错。小径就像黄杨树的鬼魂,那些散发着光泽、青翠欲滴的绿色全都变成与那些林荫道一样阴暗的灰色。我朝前慢慢地走啊走啊,那些树枝不停地在我脸上刮来抽去,发出一声声清脆响声。最后,我终于来到长满草的走廊一端。我沿着它走向门楼,朝庭院看过去:它正好在我的脚下。可我看不见半个人影,甚至连那些狗也不见了。一段凿开在墙壁横断面上的台阶出现在我眼前,我沿着台阶走下去。当再次来到院子当中时,我又看见那群狗。它们仍然站在那儿,领头的还是那只金棕色的小狗,黑色的小狗颤颤巍巍地在后面跟着。

"你们这群令人讨厌的家伙!"我大声地呵斥着。声音突然在这空旷的庭院里响起回声,令我大吃一惊。这群狗依然纹丝不动地站着,看着我。我这时才明白过来,它们是不会阻止我去接近这幢房子的。知道这一点后,我便从容有序地检视它们。我有种感觉:它们肯定被吓坏了,所以才一声不发,迟钝呆滞,然而它们不是饥肠辘辘,也不是像受到过虐待,它们的皮毛油亮光滑。除了那只颤抖个不停的小狗,哪只都不瘦。看上去,它们更像是长久地与主人住在一起,可主人却不关心它们,既不同它们说话,也不看它们一眼。这儿死气沉沉的气氛似乎使它们爱管闲事的天性荡然无存了。对于我来说,它们所受到的这种令人难以想象的冷漠待遇和主人对它们的厌烦比那些忍饥挨饿、经常挨打的动物们的遭遇更悲惨，更可怜。我应该去逗逗它们，哄它们做个游戏或让它们在院子里奔跑起来，我盯着它们那倔强又疲倦的眼睛，盯的时间越长，我越觉得自己的想法有多么荒诞可笑。那些老房子的窗户在俯视着我们，我怎么能产生这样的想法呢？那些狗比我更清楚哪些举动是这幢老房子能容忍的，哪些是不能容许的。我甚至想，这群狗肯定已经知道在我心里闪过什么样的念头，它们肯定会为我的浅薄和草率感到可怜。说不定我的这种感觉已经通过周围弥漫着的倦怠气氛传递到它们的心目中了。我有一种想法：它们同我之间的距离是不能与我与它们之间的陌生相提并论的。它们在总体上对人的印象深刻而又黑暗，无论世上发生什么事，都不值得它们去"汪汪"几声或摇几下尾巴。

"听着！"我对面前这群一声不吭的狗突然脱口说道，"你们知道自己看起来像什么吗？你们这群狗？你们看起来就像见到了鬼一样——这就是你们的模样！我在想，是不是真的有鬼。难道除了你们就没有人了吗？"可那群狗依然不动声色地望着我，一声也不吭，一动也不动……

天黑了，我看到十字路口亮着兰瑞威的车灯——我并没有讨厌它们。我觉得自己已经从世界上最孤寂的地方逃了出来。我并不是自己所想象的那样喜欢孤寂——那种程度的孤寂。我的朋友从魁普带回了他的律师。挨着一个肥胖的和蔼可亲的陌生人坐着,我没有丝毫心情去谈论科福尔……

那天晚上,当兰瑞威和他的律师关在书房里密谈时,兰瑞威夫人开始在画室里问我一些问题。

"喂,你打算把科福尔买下来?"她停住手中的刺绣活,扬起脸问道,脸上的神情十分快乐。

"我还没有决定。事实上我进不了那栋房子。"我回答。那副模样给人的感觉是,我只是把自己的决定往后推迟一下,好像还准备日后再去瞧瞧。

"你进不去,为什么?究竟发生什么事?这家人想把这座房子卖掉,都快想疯了,他们对老看守人也吩咐过……"

"不可能吧,看守人不在那儿。"

"真遗憾!他准是去集市了,但他的女儿……?"

"没有一个人,至少我一个都没看到。"

"真奇怪!真的没人?"

"没人,但有许多狗——一大群狗——它们给人的感觉就像是那地方的主人似的。"

兰瑞威夫人手中的刺绣滑落到膝盖上。她的手交叉着放在膝盖上,若有所悟地看了我几分钟。

"一群狗——你真的看到它们了？"

"你是指看到狗了吗？我反正没看到别的东西。"

"有多少只？"她压低嗓音问道，"我一直想知道——"

我吃惊地望着她：我一直以为她对这地方很熟悉。我不禁问道："你从来没有去过科福尔吗？"

"噢，去过，经常去，但不是在那一天。"

"哪天？"

"我差不多忘了，我可以肯定赫夫也忘了。如果记得的话，我们就不应该让你今天去。不过，这种事只能将信将疑，是吗？"

"哪种事？"我的声音不知不觉也压得和她的声音一样低了。我想："我知道肯定发生过什么事……"

兰瑞威夫人清清喉咙，脸上挤出一丝微笑，表示我尽可以放心。她说："难道赫夫没有向你讲过科福尔的故事吗？他的一个祖辈与科福尔有些牵连。你知道，每一座布雷顿的房子都有一个关于鬼的故事，其中有一些听起来让人心里很不舒服。"

"你说得对，但是那些狗……"

"噢，那群狗就是科福尔的鬼魂。至少农民们都说，每年有这么一天，一群狗会出现在科福尔。在这天，看守这座房子的人和他的女儿就会离开科福尔到莫莱克斯去喝酒。他们总是喝得酩酊大醉。布莱坦尼的女人酒量都很吓人。"她弯下腰去找配丝线，然后抬起她那张迷人的巴黎人的脸，追根究底地问道，"你真的看到很多狗？事实上科福尔一只狗也没有。"

二

第二天，赫夫·兰瑞威从他图书室上面一层架子的背面翻出一册用破旧不堪的牛皮纸包着的书籍。

"噢，就是它了。这本书叫什么来着？《布莱坦尼公爵领地上的审判史。魁普，1702年》这本书是在科福尔事件发生后一百年才写的。不过，我相信它完全是根据审判笔录一字一句抄写下来的。无论如何，这是个奇怪的抄本。有一个叫赫夫·德·兰瑞威的人卷入了这个案件——你知道这称呼与我的略有不同。那时赫夫·德·兰瑞威只是一个旁系亲属。来，把这本书拿到床上去看。一些细枝末节的地方我已经记不清了，但我敢打赌，你读了审判笔录后肯定通宵不敢熄灯。"

我确实如他所言，那天整夜没有熄灯，我被审判笔录的细节和情节深深吸引住了，手不释卷地一直读到东方渐白。关于对安·德·科纳尔特——科福尔领主妻子的审判记述洋洋洒洒，而且这本书字与字之间书写得很密，不大好读。正像我的朋友所说，这本书也许就是完完全全根据在法庭上所发生的事实而写的。这场审判持续近一个月。另外，这本书的印刷铅字也实在太糟糕了……

开始，我想把这古老的司法卷宗翻译过来，可这记录里到处是令人厌烦的重复，而且大部分的描述偏离了故事的主要情节。所以我只好试着理清事实脉络，用简洁的语言把主要情节讲述出来。在叙述中我引用了原文，因为没有别的语言能比原文更好地表达出我在科福尔所感受到的一切，再说，故事中也没有可以让我插入自己的话的地方。

三

故事发生在17世纪。伊维斯·德·科纳尔特——科福尔领地的领主，去罗科兰参加免罪罚节，履行他的宗教义务。他是一个富有而又颇有权势的贵族，六十二岁，却依然显得神采奕奕，强壮有力。他不仅是一个出色的骑手与猎手，还是一个虔诚的宗教教徒。他所有的邻居们都能够证明这一点。外表上看，他个头不高，但膀宽腰圆。他的肤色黝黑，腿稍微罗圈，长着鹰钩鼻，宽厚的手背上长满黑毛。他年轻时结过婚，但不久之后，他的妻儿相继离开人世。从那以后，他就一个人居住在科福尔，每年去莫莱克斯两次，因为在那儿他还有一栋优雅精致的别墅，每次都要在那里住上一个星期或十来天左右。偶尔他也骑马去伦尼斯商谈生意。证人们称，在离开科福尔的日子里，他过着与在科福尔截然不同的生活。在科福尔，他每天忙于照料地产，再就是做弥撒。他唯一的娱乐是捕猎野猪和水禽。但这些谣言与案件本身并没有多少特别关系。可以肯定，他所属的上流社会都认为他是一个严肃的，甚至是一个不善言笑的人。他是一个忠实的教徒，一直按照宗教教义严格要求自己，尽管当时的贵族们与他们的农民相处十分随性，但从来没有听说过他与领地上的哪个女人有暧昧关系。一些人说，自从妻子去世以后，他就没有正眼瞧过女人。但这些事情很难证实，况且要不要证明与案件也没有很大关系。

在伊维斯·德·科纳尔特六十二岁那年，他去罗科兰参加免罪罚节，在那里遇上一个年轻的道勒兹女人。她当时骑在父亲的马上对着上帝祷告。她名叫安·德·巴瑞干，出生于古老的声望极佳的布莱登家族。但这个家族在实力上和权势上都远不及伊维斯·德·科纳尔特家族。安的父亲喜好打牌，因此将自己的财产消耗殆尽，最后只好住在荒郊野外由花岗石砌成的小庄园里，过着与普通农民一样的生活……我曾说过，我不会为叙述这个荒诞不经的案件增添任何东西，但我不得不违背诺言，来描述一下当时两人邂逅的情景。当这位年轻女子骑马来到罗科兰教堂的停柩门时，恰好男爵伊维斯·德·科纳尔特也在此下马驻足。我的描述源于一幅褪了色的红蜡笔画。这幅画冷静、写实的风格完全可以证明它出自一位克卢埃画派的学生之手。这幅画悬挂在兰瑞威的书房里。据说这是一幅安·德·巴瑞干的肖像。画上没有签名，只有两个大写字母 A、B 和作画日期，即 17 世纪某某年，也就是安结婚的第二年，此外没有任何记号来标明画中女人的身份。画中的女人长着一张小小的、椭圆形的脸。下巴很尖，但足以容纳一张非常丰满的嘴唇。嘴角两边稍稍下陷，鼻子也小巧玲珑，眉骨很高，两条眉毛离得很远，画得很淡，就像中国画里女人淡描的蛾眉。前额很高，令她显得十分严肃。厚厚的金色头发非常漂亮，顺着脸颊披散下来，就像一顶帽子一样罩在头上。她的眼睛不大也不小，似乎是淡褐色。目光羞怯而坚定。一双美丽的纤手交叉着放在胸前……

科福尔的牧师和其他的目击者做证说，当男爵从罗科兰回来时，他跳下马，下令迅速备好另一匹快马，然后带着一名年轻侍从，连夜向罗科兰急驰而去。管家第二天一早也赶着两匹驮着大箱子的骡子跟着去了。第二个星期，伊维斯·德·科纳尔特便骑马回到科福尔。他派人去请亲朋好友和佃户，告诉他们，他准备在万圣节那天与道勒兹的安·德·巴瑞干结婚。后来他们真的在那天结婚了。

各方面的证据显示，在接下来的几年里，这对夫妇一直过着美满幸福的婚姻生活。没有人说过伊维斯对他的妻子态度不好。很显然，男爵对这笔交易十分满意。在这次审判中出庭做证的牧师和其他证人都承认，这位年轻的女人对她的丈夫产生了耳濡目染的善意影响。伊维斯对他的佃户不再那么苛刻，对他的农夫与仆从也不再那么严厉。曾使他的鳏居生活变得一片阴暗的忧郁情绪和少言寡语也慢慢地被清扫着。至于他的妻子，据拥护她的人回忆说，她唯一不满意的地方就是科福尔太冷清了。当她的丈夫有事前往伦尼斯或莫莱克斯时，男爵从不带她一道前往，他不准妻子在没人陪伴的情况下独自到园林里去散步。但没有人能因此而断言她过得不幸福。尽管有一位女仆说，她曾有一次撞见安在哭泣，她也曾听到安说，她是一个受诅咒的女人，没有孩子，生活中也没有什么东西可以称作是她自己的。但对于一个依附于丈夫的女人来说，这是一种再自然不过的情绪了。当然，她没有生育，对于伊维斯·德·科纳尔特来说也许是一个致命的伤痛，但他从来没有为她没有孩子而责怪过她——安自己也在证词中承认这一点——男爵试图通过送给妻子大量的礼物和加倍的宠爱让她淡忘这些不愉快。要知道，他尽管富有，可从不出手大方，但对妻子是个例外，无论是丝绸、宝石还是亚麻布，如果她想要，他就有求必应。每一个四处闯荡的商人都在科福尔受到热情欢迎。男主人每次出门回来从不空手，总是给妻子带回来一些漂亮的稀奇古怪的礼物，这些东西都是从莫莱克斯、伦尼斯或者魁普带回来的。经过盘问，一位侍女将男主人在一年中送给他妻子的礼物一一列举出来。非常有趣，我抄列如下：从莫莱克斯带回的礼物是一艘象牙雕刻成的船，上面有几个中国人在划桨，这是一个水手买回来作为还愿物献给圣母玛利亚的。从魁普带回来的礼物是一件绣花的长袍，是修女们在圣母升天节时所做的。从伦尼斯带回来一朵银制的盛开的玫瑰花，上面是一座琥珀色的圣母玛利亚像，头顶上戴着石榴色的王冠。从莫莱克斯带回来一匹产于大马士革的镶金的天鹅绒闪光绸，这是从一位来自叙利亚的犹太人手中买来的。这年过米迦勒节时，男爵又从伦尼斯带回一条由滚圆的宝石制成的一条似是项链又似手镯的东西，绿宝石、珍珠、红宝石串起来像一串金黄色链子上的珠子。这是夫人最喜欢的礼物，那女人说。后来，正如所发生的一样，这串珠宝在审判中还展示给法官们看，结果法官和在场的听众们都被这奇特而又珍贵的珠宝深深吸引住了，将其视为稀世珍宝。

这年冬天，男爵又外出了。这次远至波多克斯，他回来时，给他的妻子带回一个比手镯更古怪、更好玩的东西。那是一个冬日的晚上，他骑马回到科福尔，走进大厅，发现他的妻子正坐在炉火旁，一只手托着下巴，注视着炉火。男爵手里抱着一个天鹅绒盒子，他把它放下，打开盒盖，放出一条金棕色的小狗。

当小狗朝安·德·科纳尔特蹦蹦跳跳地跑过来时，她高兴地叫了起来："噢！它看起来多么像一只小鸟或蝴蝶！"她非常开心地叫着，把小狗抱了起来。小狗把它的两只爪子搭在安的肩膀上，用一双看起来"像基督徒的眼睛"望着她。从那以后，安从不让那小狗跑出她的视线外，她抚摸着小狗，和它说话，就像它是她的孩子一样——事实上，这也是几年来安所得到的最像孩子的一样礼物。伊维斯·德·科纳尔特对自己买来的东西十分得意,这只狗是一个水手从一条东印度商船上给他带回来的。这个水手在加发的一个集市上从一个香客手中买下小狗,而小狗又是那个香客从中国一个贵族的妻子那里偷来的。这事完全可以容许,因为香客是个基督徒,而那贵族却是个异教徒,应该下地狱。伊维斯·德·科纳尔特为买这只小狗付了一大笔钱,因为法国宫廷大量需要这种狗,这个水手知道他自己得到了一件好东西,因而坐地起价,然而伊维斯非常爽快地买了。现在看着妻子与这小家伙高兴地玩耍,开心得大笑。

迄今为止,所有的证据都表明:他们夫妇恩爱和谐,对这些事情的叙述也相当顺利。但事情开始变得棘手起来,我将尽量忠实于安自己的叙述,尽管最后这可怜的女人……

好了,言归正传。就在伊维斯·德·科纳尔特将那只金棕色的小狗带回科福尔的那年冬天,一天晚上,男爵却惨死在一段狭窄楼梯的顶端。这段楼梯从他妻子的房间一直通向一扇朝庭院开着的门,是他的妻子首先发现他并惊恐地大叫起来。可怜的女人,她恐惧得快要发疯了——她的身上沾满了丈夫的鲜血。那些被喊叫起来的仆人——开始根本弄不清她在说些什么,都以为她突然发疯了。但再朝楼上看,天啊,她的丈夫躺在楼梯的顶端,头朝下,身体僵直,已经死了。从伤口流出的血正顺着他身下的楼梯往下流淌，他被抓得面目模糊，整个人的模样十分恐怖。脸上与喉咙上都是一道道伤口，像是由十分古怪的利器所伤。一条腿被撕开，切断了动脉，也许这就是导致他死亡的原因。但他是怎么来到楼梯上的，又是谁谋杀了他呢？

他的妻子称，她一直躺在床上睡觉，是听到丈夫凄惨的喊叫声后才冲出房间，发现他躺在楼梯上。但这马上引起人们的怀疑。首先，有厚厚的墙壁和长长的过道间隔，在她的房间里是不可能听到楼梯上生死搏斗的声音。其次，很明显，她当时不在床上睡觉，因为叫醒家里的仆人时，她穿着齐整，而且她的床也没有人睡过的痕迹。再者，楼梯底下的门半开着，牧师是一个目光相当敏锐的人，注意到她穿着的裙子在膝盖上溅满了鲜血，而且在楼梯两边墙壁的下部有一些带血的手印。因此可以推测，她的丈夫倒在楼梯上时，她在后门口。她在黑暗中跪着爬行，试图探摸到她丈夫身边，她的身上也因此被她丈夫身体流出的血染红了。当然也有人提出不同的意见，说她的裙子可能是在她冲出房间、跪在她丈夫身边时被血染红的。但事实是，楼下的门是开着的，而楼梯两壁上的手印又是朝上的……

尽管显然与事实不符，但被告在审判开始的头两天里一直坚持自己的陈述。第三天，有人告诉她，赫夫·德·兰瑞威，本地的一位年轻贵族，被捕了。他被指控在此次犯罪中与她有同谋关系。因此就有两三个证人前来做证说，所有的人都知道年轻贵族以前与伊维斯·德·科纳尔特的妻子关系友好。但那个年轻贵族已有一年多时间不在布莱坦尼，人们也不再将他们两人的名字联系在一起。做证的人都是声名狼藉的人，一个是被怀疑搞巫术的老采药人，一个是相邻教区的爱酗酒的小职员，还有一个是傻里傻气、别人叫他说什么就说什么的牧羊人。显然，原告们对这些指控不满意，他们想寻找更确实的证据来证明兰瑞威参与了这桩犯罪，而不是听那老采药者发誓说，他在事发当晚曾亲眼看见他爬过园林的院墙。那时候，当证据不足时，补充证据的一个办法就是向被告施加各种压力，无论是精神上的折磨还是肉体上的摧残。没有人知道当局在男爵妻子身上动用过何种手段。但第二天，她被带到法庭上时，她"显得虚弱无力，精神恍惚"。法官们鼓励她镇静下来，以她的人格做担保，看在耶稣基督被钉在十字架的分上，供出事实的真相。安承认她确实下楼和赫夫·德·兰瑞威说过话，兰瑞威却否认这一切，但当初她站在楼下时，她丈夫倒地的声音让她吃了一惊。这次供述要好多了，那些原告们一个个满意地搓起手来。形形色色的科福尔侍从们被引诱做证时，结果就越来越令人满意。他们一个个带着一脸诚实地说，主人死前一到两年，情绪反复无常，暴躁易怒，常常像再婚前一样忧郁多思，沉默寡言，令仆人们感到害怕。这些证词似乎说明，科福尔的日子并不像人们想象的那样夫妇和睦，风平浪静，尽管没有任何迹象显示他们夫妻俩曾公开争吵过。

问及为什么在晚上下楼给赫夫·德·兰瑞威开门时,男爵妻子做了回答,这个回答一定使全法庭的人都喜笑颜开。她说她是因为孤独才想和这个年轻人说说话。法官问她:"这是唯一的原因吗?"安回答说:"是的,我对着法官老爷们头顶上的十字架发誓。""为什么要在深更半夜呢?"法官们问道。"因为我没有别的办法与他见面。"读到这里,我仿佛看到十字架下那些穿着貂皮长袍的法官们互相交换眼神的情景。

再进一步询问时,她说她的婚姻生活极其孤独,用她的话说,就是"凄凉"。她丈夫确实很少对她说过十分严厉的话,但有些日子里,他一句话也不说,她丈夫也确实没有动手打过她或威胁过她,但他把妻子像个囚犯一样关闭在科福尔。他骑马去莫莱克斯、魁普或是伦尼斯时,就派人严密地监视着她,甚至规定,没有仆人跟着时,她不能到花园里采花。她曾经对丈夫说:"我不是王后,不需要这样的荣誉。"她丈夫回答说:"一个家财万贯的人在离开家时不会将钥匙留在锁眼里。""那么带我一起去吧。"她哀求道。但她丈夫对这个请求的回答是,城里是个危险的地方,年轻的妻子还是待在家里的炉火旁更舒适更安全。

"你想对赫夫·德·兰瑞威说什么?"法官问安。她回答道:"恳求他带我走。"

"为什么让他带你走呢?"

"因为我对生活感到害怕。"

"你害怕谁?"

"害怕我丈夫。"

"你为什么害怕你的丈夫?"

"因为他勒死了我的小狗。"

法庭上肯定又响起一阵哄笑声。在那个贵族有权吊死他的佃户的时代——大多数贵族都这样做过——掐死一只小动物实在不是一件值得大惊小怪的事情。

这时,其中一个有些同情被告的法官建议说,她可以自我辩护,安便继续做了如下供述:她婚后的头几年里十分孤独,但她的丈夫对她很好。如果她有孩子,她就会感到快乐。但岁月悠长,而且总是下雨。

的确,她的丈夫每次外出都会给她带回一些别致漂亮的礼物,但这些礼物并不能消除她心中的孤独感。至少没有什么东西能够弥补这种感觉,直到她的丈夫给她带回来一只东方的金棕色小狗。自那以后,她变得高兴多了。看到她十分喜欢这条狗,她的丈夫似乎也十分高兴。他允许她把宝石项链戴在小狗的脖子上,并让小狗与她朝夕相处,寸步不离。

一天,她在房间里睡着了,那只小狗像往常一样,蜷缩在她的脚旁。她的光脚倚在它的背上。突然,她被丈夫弄醒了,他站在她身旁,和蔼地微笑着。

"你看上去就像我的曾祖母朱丽娅·德·科纳尔特。她躺在教堂里，也把脚放在小狗身上。"他说。

这种类比使她不禁打了一个冷战，但她仍然笑着说："那好，假如我死了，你一定要把我葬在曾祖母身旁，用大理石给我雕尊像，把小狗放在我的脚旁。"

"等着瞧吧。"他边说边笑着，但两条眉毛已拧成一团，"狗是忠诚的象征。"

"那么你在怀疑我把狗放在自己脚旁的权利吗？"

他回答道："如果我怀疑的时候，我就发现自己变成一个老头子了。"他又补充一句，"人们说，我让你过着一种孤独冷清的生活，但我发誓，如果你做得到的话，你就会拥有一座自己的纪念碑，永远供后人敬仰。"

"我发誓我会忠贞不贰，"她回答道，"假若仅仅是为了能让小狗躺在我的脚边。"

没过多久，她的丈夫就因公务去魁普的巡回审判法庭了。他不在时，他的婶婶，一个公爵领地的大贵族的遗孀，来科福尔住过一晚。她是前往圣巴比去参加免罪罚节途中，路过此地的。她是一个虔诚的有着举足轻重影响力的教徒，伊维斯·德·科纳尔特对她推崇备至，因此她建议安同自己一道去圣巴比时，没有人敢反对。即使是牧师也宣称，应当竭力赞成人们朝圣。因此，安也动身前往圣巴比。在那儿，她第一次同赫夫·德·兰瑞威说了话。年轻贵族兰瑞威曾随自己的父亲一起到科福尔去过两次，但他们之间说的话加起来还不到十句。他们这次交谈的时间最多不过五分钟：当送葬的队伍徐徐走出教堂时，他们在栗子树下相遇了。年轻贵族说："我为你感到可怜。"她吃了一惊，因为她从未想到自己会成为别人怜惜的对象。他又说一句："需要我时就来找我。"她朝他微笑一下。但后来她变得十分开心，经常回忆那天短暂的相遇。

男爵妻子承认，她后来又见过他三次，也只有三次。怎么见面或在哪个地方见面，她一直不肯说，给人的感觉是，她害怕将某人牵连其中。他们之间的见面短暂而又稀少，最后一次，年轻贵族告诉她说，第二天他要动身去国外，去执行一项充满危险的任务，这将使他离开这儿几个月。他请求她送给他一件纪念品，她没有什么可送他的，最后把小狗脖子上的项圈给他了。后来她十分懊悔把这样东西送给他，但他离开时是那样难过，她没有任何勇气拒绝他的请求。

安的丈夫那时候不在家，回家几天后，丈夫抱起小狗抚摸，注意到它的项圈不在了。妻子告诉他说，小狗把项圈丢失在园林里的灌木丛下，她和自己的女仆们在园林里找了一整天。这倒是真的，她向法庭解释说，是她让女仆们去寻找项圈的，而她们也都相信小狗确实把项圈丢在园林里了。

她的丈夫对此没有做出任何评说。那天晚上吃晚饭时，丈夫的情绪还像往常一样，不好也不坏，事实上你根本无法区分他的情绪是好还是坏。他滔滔不绝地说着话，讲述他在伦尼斯的所见所闻和所作所为，却又不时地停下来用严厉的眼光看着她。上床时，她发现她的小狗被勒死在她的枕头上。小家伙死了，但体温犹存。妻子弯下身去把小狗抱出来，她发现小狗是被自己送给年轻贵族兰瑞威的项圈牢牢套两圈后勒死时，于是，痛苦顿时变成惶恐。

第二天清晨，她把小狗埋在花园里。她拾起项圈，偷偷地把它藏在胸前。在那时和那以后，她什么也没对丈夫说，她丈夫也没对她说什么。但那天，她丈夫把一个在园林里偷柴的农民吊死了。第二天，在驯马时他又差一点将一匹小马打死。

冬天来临了。短短的白天过去，长长的黑夜也消逝了，日复一日，安一直没有听到关于赫夫·德·兰瑞威的任何消息。也许他已经被自己的丈夫杀死了，也许她丈夫仅是抢劫了这条项圈。一天又一天，她坐在壁炉边与纺纱的女仆为伍，一夜又一夜，她孤独地躺在床上，左思右想，提心吊胆。有时在吃饭时，她的丈夫笑着看她，她便相信年轻贵族兰瑞威已经死了。她不敢去打听他的消息，因为她可以肯定，如果她这样做，她的丈夫就会发觉。她有一个奇怪的想法——她的丈夫可以发现一切事情。甚至当一个女巫，一个可以用水晶球将整个世界展现在你面前的预言家来到城堡暂求住宿一夜时，安都不敢走上前搭话，尽管那些女仆们都一窝蜂地围了过去。

这个冬季漫长而又昏暗，阴雨连绵不断。一天，当伊维斯·德·科纳尔特不在时，几个吉卜赛人带着一群表演把戏的狗来到科福尔。安把那只最小、最伶俐的狗买了下来。这只狗毛色雪白，摸上去像羽毛那样柔软。狗的一只眼睛是蓝色的，一只是棕色的，似乎一直受到吉卜赛人的虐待。她把它从狗群中牵出来时，小狗便十分哀怨地依恋着她。那天晚上，她丈夫回来了。当上床睡觉时，她发现那只小狗就被勒死在她的枕头上。

从那以后，她心里暗暗发誓，再也不买狗了。但在一个寒风刺骨的晚上，有人发现一只瘦瘦的小黑狗在城堡门口哀号。她把这只可怜的小狗带回家，吩咐女仆们千万不要向她丈夫提起这件事。她把小狗藏在一间没人去的房子里，又把自己盘中的食物省下来偷偷地给小狗送去，还替它做了一个温暖舒适的小窝。她轻抚着小狗，就像抚摸一个孩子一样。

伊维斯·德·科纳尔特回家来了。第二天，她又发现那只黑狗给勒死在自己的枕头上。她偷偷地哭了，可依然什么也没有说，只是暗暗决定，即使看到一只就要饿死的狗，她也决不把它带回城堡。又一天，她发现一只幼小的牧羊狗蜷缩着一只跛腿，躺在园林的雪地上。这是一只长了斑纹的幼犬，有一双漂亮的蓝色眼睛。当时伊维斯·德·科纳尔特在伦尼斯。她把小狗带回城堡，用炉火把它全身烤暖，给它喂食，又把小狗的伤口包扎好，然后把它藏在城堡里，直到她丈夫回来。在她丈夫回来的前一天，她把这只小狗送给一个居住地离他们很远的农妇，并给她一大笔钱，嘱咐她好好照顾小狗。她也没有说别的，但是当晚，她听到呜呜的狗叫声和刮擦房门的声音。打开门时，她看见那只瘸腿的小狗，浑身湿透了，在不停地颤抖着，一见到她就呜咽着跳到她身上。她只好把它带进来藏在自己的床下。第二天一早，她准备让人把小狗送回农妇那里去。这时，她听见丈夫骑着马来到院中，她慌慌张张地把小狗藏在柜子里，下楼去迎接丈夫。两个小时以后，当她回到房间时，看见那只小狗被勒死在她的枕头上……

从那以后，她再也不敢将任何一只狗视为宠物。她的孤独感与日俱增，变得难以忍受。有时，她穿过城堡的院子时，就会在大门口停下来拍拍那只年老的短毛大猎犬。但有一天，当她正在抚摸那只狗时，她的丈夫正好从教堂里走出来。第二天，那只年老的狗就失踪了……

安在几次开庭中都做出如此稀奇古怪的供述，人们开始觉得不耐烦，并且感到不可思议，显然，这类幼稚的狗故事让法官们吃了一惊，但这些并不利于改变被告在公众眼中的形象。一段一段荒诞可笑的故事,又能证明什么呢?难道为了证明伊维斯·德·科纳尔特厌恶狗,而他的妻子为了满足个人的喜好而长期置这种厌恶而不顾吗?用他们夫妻之间这点不足挂齿的分歧作为理由来为她与假定意义上的同谋之间的关系做辩护也未免太荒谬了吧?显然,她的辩护律师很为她采用这类故事作为证据感到无奈。在她的供述过程中,辩护律师好几次试图打断她的话,但安像着了迷一样,一直坚持讲到故事的结尾,似乎她回忆中的故事全部都真切地发生在自己的眼前,她已全然忘记她身处何处,还以为自己正在抚慰那些小狗呢。

最后,那个先前对安表示一点同情心的法官,他从身边那群打着瞌睡的同事中欠起身来说:"那么,你是想让我们相信,你谋杀丈夫是因为他不让你养狗吗?"

"我没有谋杀丈夫。"

"是谁杀的?赫夫·德·兰瑞威?"

"不是。"

"那么是谁?你能告诉我们吗?"

"我可以告诉你。是那群狗……"就在这时她晕了过去,只好被带出法庭。

显然,安的律师想让她放弃这种辩护方法。她的这种辩解在与律师进行第一次正式谈话时可能具有说服力,但现在面临的是严肃而公开的司法审判。想到为她辩护可能被全城人嘲笑,安的律师感到自己完完全全丢尽面子,因而辩护律师有可能会毫不犹豫地牺牲安的利益而挽救自己的职业声誉。但那个固执的法官——也许他是抱着好奇心而不是怜悯心——显然想听安把这些故事讲完,因而第二天,安得到命令,继续将她要供述的证词讲完。

她说,自从那只老看门狗消失以后,一两个月内再没有发生什么特别值得注意的事情。她的丈夫看来又与平常一样:她不记得发生过什么特别的事情。但有一天晚上,一个女贩来到城堡,卖一些女人的小饰物给那些女仆们。她不喜欢小饰物,但她站在旁边看那些女人挑选。后来,她不知道为什么,受女贩的劝诱买下一个带强烈香味的梨状香盒——她曾经在一个吉卜赛女人身上看到过这种东西。她不喜欢香盒,但也不知道为什么就买了。女贩说,不管是谁,只要戴上这香盒,就有预测将来的本领。她不很相信女贩的话,因此也没在意。她把香盒拿回房间,坐在那里翻来覆去地摆弄它。后来,她被那股奇怪的香味吸引住了,猜想盒子里究竟放着什么香料。她打开盒子,发现里面是一个被一张纸条包着的灰色豆子。她看到纸条上熟悉的笔迹,是赫夫·德·兰瑞威写的。他说他回家了,又说当晚月落时分,他会在庭院门口等待她……

她烧掉纸条,坐下来沉思。已是夜幕降临,而她的丈夫又正好在家……她没有办法告诉年轻贵族兰瑞威，也不能做什么，只有坐着等待……

读到这里，我可以想象法庭上那些昏昏欲睡的人一个个都警醒过来。一个女人在夜幕降临时收到一个住在二十英里以外的男人送来的信，而她又没有任何办法给他发出警告……玩味这种心情即使对于法官席中最老的那一位来说，也别有一番滋味。

我想安不是一个有头脑的女人，她反复思考后采取的第一个步骤就错了。那天晚上，她对丈夫太过温柔。按照传统的手法，她不应该拼命地给丈夫劝酒，这是因为，即使他喝再多的酒，意识还是清醒的。如果一个男人喝得酩酊大醉，不胜酒力，那是因为他自己想喝，而不是因为女人的劝诱，至少他的妻子这样做是不行的——但这都已经过去了。我阅读这个案例时，就想，对于她的丈夫来说，除了臆想中妻子的不忠引起的憎恨外，他已对她没有什么感情而言。

安却想重新获取丈夫的欢心。刚到晚上，她丈夫就抱怨说身上到处疼痛，好像在发烧。说完他就离开大厅，上楼到他的私室里去了，他有时就睡在那里。他的仆人给他送来一杯热酒，带下话说他正在睡觉，任何人不得打扰。一个小时后，安撩起挂毯，贴在丈夫的房门口侧耳倾听，她听到丈夫均匀而又响亮的呼噜声。她想，或许只是个假象，就又赤着脚在过道里站了很长一段时间，耳朵贴在门缝处仔细听着。

但丈夫的呼吸声是那么的平稳和自然，只有熟睡的人才能发出。她松了一口气，蹑手蹑脚地回到自己的房间。她站在窗前，看着月亮渐渐沉落到园林里的树丛中去。窗外雾气蒙蒙，这是一个没有星星的夜晚，月亮落下去后，整个世界成为一团漆黑。她知道时间到了，便小心谨慎地穿过过道。经过丈夫门口时，她又停下来倾听一会儿他的呼吸声。最后，她才来到那段楼梯的顶端。她在那里站定一会儿，确信没有人跟踪她后，她就慢慢地走下去，害怕一不留神会摔下去。她的想法是把门打开，告诉年轻贵族兰瑞威赶紧逃走，然后迅速回到自己的卧室。她在傍晚时就试过门闩，还在上面加过一点油。但她打开门闩时，门还是发出一声吱嘎……尽管声音不大，还是让她心惊胆战，过了一会儿，她听到头顶传来一阵喧闹……

"什么声音？"原告们插嘴问道。

"我丈夫喊我名字、恶毒地咒骂我的声音。"

"接着你又听到什么？"

"一声凄惨的尖叫和摔倒的声音。"

"当时赫夫·德·兰瑞威在哪儿？"

"他站在院子外。我刚在黑暗中把他认出来。我告诉他看在上帝的分上，快点走吧，然后就把门关上了。"

"后来你又干了什么？"

"我站在楼梯下面听着。"

"你听到什么？"

"我听到狗的咆哮声和喘息声。"——可以想象法官们多么泄气，公众们多么厌烦，而安的辩护律师又多么恼怒，又是狗……！但那个爱刨根问底的法官接着问道：

"什么样的狗？"

安低下头，低低地说了一声。法官不得不让她重说一遍。她说："我不知道。"

"这是什么意思……你不知道？"

"我真的不知道是什么样的狗……"

法官再次打断她的话道："尽量告诉我们究竟发生了什么。你在楼梯底下站有多久时间？"

"只有几分钟。"

"那么，这时你头顶上发生了什么？"

"那些狗不停地咆哮和喘气。有两次我丈夫喊叫了起来，我想他在呻吟，然后便无声无息了。"

"后来呢？"

"我听到一种就像是狼被扔进一群猎狗当中的声音——那种狼吞虎咽、贪婪舔食的声音。"

这时法庭上响起一片厌恶的咒骂声及那位心烦意乱的辩护律师企图干预的声音。但那位爱刨根问底的法官依然在追根究底。

"你一直没有上去？"

"上去了，我想上去把它们赶走。"

"赶走那些狗？"

"是的。"

"那么……？"

"当我摸到楼上时，已是漆黑一片，我摸到丈夫的打火石和刀，打着火，我看见他躺在那儿，死了。"

"那些狗呢？"

"跑了。"

"跑了？跑到哪儿去了？"

"我不知道。它们无路可逃，再说，在科福尔也没有狗。"

她站直身子，把双臂放在头顶上，发出一声尖叫，倒在石板地上。法庭上一片混乱，有人听见法官中有一位说了一句："这个案件显然应该由基督教会审理……"而被告的辩护律师则毫不迟疑地欣然接受这一建议。

在此之后，审判在一片追问与争吵声中迷失了方向。每一个被传唤的证人都证实安·德·科纳尔特的话是真的：在科福尔没有一只狗，至少几个月以来没有狗。这栋房子的主人不喜欢狗，这是毋庸置疑的。另一方面，验尸官们为了证实死者身上的伤口性质进行了漫长而又激烈的争辩。其中一个被传唤出庭做证的外科医生说，死者身上的那些伤口是某种动物咬过的。伊维斯·德·科纳尔特死于巫术的这种思想逐渐抬头，控辩双方的律师们都把关于巫术的大部分著作互相引经据典，抛来抛去，以寻求答案。

最后，安·德·科纳尔特在那位爱刨根问底的法官的建议下被重新带回法庭。法官问她，她是否知道她所说的那些狗来自何方。以救世主的名誉做担保，她发誓说她不知道。最后，那个法官问了她最后一个问题："你认为你听到了狗的声音，假如你对那些狗很熟悉，你是否能通过它们的叫声辨认出来呢？"

"能。"

"那么你认出它们了吗？"

"是的。"

"那么你认为是哪些狗呢？"

"我的那些死去了的狗。"她喃喃地说道……她被带出法庭，再也没有出现过。后来基督教当局进行调查，结果是那些法官们既不同意彼此的意见，也不同意基督教委员会的意见。最后，安·德·科纳尔特被移交给她丈夫的家族看管。他们把她关在科福尔城堡的高楼里，据说她从此成为一个与人无害的疯女人，多年后死在科福尔城堡里。

她的故事就这样结束了。至于那个叫赫夫·德·兰瑞威的年轻人，我只好向他的旁系子孙问及他此后的情形。由于控告这个年轻人的证据不足，而他们家族在公爵领地又有相当的影响力，他最后被释放了。不久以后他去了巴黎，可能再也没有心情过世俗生活。他很快受到著名的M·阿诺德·德安迪利和"皇家港口"那些绅士们的影响，两年后，被他们这个教派接纳了。他一直没有取得任何特别的荣誉，只是听天由命，随遇而安，直到二十年后去世。赫夫·兰瑞威拿出一张赫夫·德·兰瑞威的画像给我看，由菲利浦·德·香槟尼的一个学生所画：忧郁的眼神，爱冲动的嘴唇和一双狭长的眉毛。可怜的赫夫·德·兰瑞威：他的结局是灰色的、凄凉的。然而，我看见这张僵硬的灰黄色的肖像上，他穿着黑色詹森教派的衣服时，我不禁又羡慕起他的命运来。毕竟，在他的一生中发生过两件意义非凡的事：一，他曾经浪漫地爱过；二，他一定与帕斯卡交谈过……

图书在版编目（CIP）数据

做局 ／（美）伊迪丝·沃顿著；徐嘉康译. —— 上海：上海文艺出版社，2022（2022.7 重印）
（域外故事会神秘小说系列）
ISBN 978-7-5321-8000-4

Ⅰ. ①做… Ⅱ. ①伊… ②徐… Ⅲ. ①中篇小说－小说集－美国－现代②短篇小说－小说集－美国－现代
Ⅳ. ① I712.45

中国版本图书馆 CIP 数据核字（2021）第 224431 号

做　局

著　　者：[美] 伊迪丝·沃顿
译　　者：徐嘉康
责任编辑：胡　捷
装帧设计：周艳梅
责任督印：张　凯

出版：上海文艺出版社
出品：上海故事会文化传媒有限公司
　　　（201101 上海市闵行区号景路159弄A座3楼 www.storychina.cn）
发行：上海文艺出版社发行中心
　　　（上海市闵行区号景路159弄A座2楼206室）
印刷：上海中华印刷有限公司
开本：889毫米x1194毫米　1/32　印张8.125
版次：2022年2月第1版　2022年7月第2次印刷
ISBN：978-7-5321-8000-4/I.6342
定价：38.00元

版权所有·不准翻印

上海故事会文化传媒有限公司出品（01065）www.storychina.cn

想看更多精彩故事？
扫码下载故事会APP

上海故事会文化传媒有限公司所有图书可办理邮购，免收邮费（挂号除外）
汇款地址：上海市闵行区号景路159弄A座2楼206室（201101）
收款人：上海故事会文化传媒有限公司出版发行部
联系电话：021-53204159
如发现本书有质量问题，请与印刷厂质量科联系 T：021-60829062